QUELQUE CHOSE DE TENNESSEE

DU MÊME AUTEUR

Ton visage entre les ruines, roman, 2010
In Octavo Éditions

Amours mortes, roman, 2014
Éditions Ovadia

Mal de mer, journal, 2015
Éditions Ovadia

Amours mixtes, recueil collectif, 2016
Éditions Félicia-France Doumayrenc

François Mauriac, essai, 2016
Éditions Nouvelles lectures, collection Duetto

Je suis comme vous, récit autobiographique, 2016
Éditions Raconter la vie

En Marche – une histoire française, récit collaboratif, 2017
Éditions Ovadia

Les causes éperdues, roman, 2017
Éditions Ovadia

Jean-Marc Parisis, essai, 2018
Éditions Nouvelles lectures, collection Duetto

Emmanuel Macron, mon futur antérieur, journal, 2019
Éditions Le Lys Bleu

Les exilés de la dictature, roman, 2020
Éditions Le Lys Bleu

Le Goût de la politique, textes choisis, 2020
Mercure de France

101 menaces qui pèsent sur la planète et l'humanité, 2021
Éditions Paradoxalement vôtre

Les voix féministes, essai, 2021
Le Lys Bleu Éditions

Le goût de l'écriture, textes choisis, 2022
Mercure de France

Laurence Biava

QUELQUE CHOSE DE TENNESSEE

Roman

Une Heure en Été

ISBN : 978-2-490636-30-3

Une heure en été
5, rue de Charonne
75011 Paris
www.uhee.fr

« Vous savez bien qu'on vit dans l'ombre et la lumière, dans un monde d'ombres et de lumières… »
Tennessee Williams, *La Descente d'Orphée*

« Comme une étoile qui s'éteint dans la nuit
À l'heure où d'autres s'aiment à la folie
Sans un éclat de voix et sans un bruit
Sans un seul amour, sans un seul ami
Ainsi disparut Tennessee »
Michel Berger, Johnny Hallyday, *Quelque chose de Tennessee*

« Quelqu'un avait écrit cela, quelqu'un avait eu le génie, le bonheur d'écrire cela, cela qui était la beauté sur la terre, qui était la preuve par neuf, la démonstration finale de ce que je soupçonnais depuis mon premier livre non illustré, à savoir que la littérature était tout. Qu'elle était tout en soi, et que même si quelque aveugle, égaré dans les affaires ou les autres beaux-arts, l'ignorait encore, moi du moins, à présent, je le savais. Elle était tout : la plus, la pire, la fatale, et il n'y avait rien d'autre à faire, une fois qu'on le savait, rien d'autre que de se colleter avec elle et avec les mots, ses esclaves et nos maîtres. Il fallait courir avec elle, se hisser vers elle et cela à n'importe quelle hauteur : et cela, même après avoir lu ce que je venais de lire, que je ne pourrais jamais écrire mais qui m'obligeait, de par sa beauté même, à courir dans le même sens »
Françoise Sagan, *Avec mon meilleur souvenir*

***Doux Oiseau de jeunesse* de Tennessee Williams**
Résumé

Amérique des années 1950. Une chambre d'hôtel et un couple improbable : l'homme, Chance Wayne, beau et jeune, revient dans sa ville natale sans la gloire dont il rêvait. Il n'a qu'un but : retrouver son premier et unique amour, Céleste Finley, la fille de Boss Finley, politicien ambitieux, raciste et sans scrupule. La femme, Alexandra Del Lago, dite Princesse, star sombrée dans l'oubli, a fui le cinéma où était projeté le film de son « come-back ». C'est en bas de l'escalier où elle s'était échouée que Chance l'a ramassée. Dans la Cadillac de Princesse, ils ont roulé vers le sud du golfe du Mexique. Vapeurs d'alcool et de drogue, désespoir et rage de vivre… Un deal s'opère entre les deux. Chance demande à Princesse de l'aider à devenir une star ; Princesse exige de Chance qu'il la paie en nature… Dans la petite ville, le retour de Chance Wayne produit un véritable électrochoc. Le soir même, Boss Finley tient un meeting politique. Il compte y célébrer la jeunesse blanche du Sud, tout en calmant l'opinion au sujet du lynchage d'un jeune Noir. Il exige que sa fille Céleste paraisse à son bras. Celle-ci cède au chantage. Le meeting tourne à l'émeute… Le film de Princesse est un triomphe, elle retrouve aussitôt sa splendeur et oublie toutes ses promesses. Chance a perdu. Resté seul, il attend les sbires de Boss Finley et renonce à se battre, définitivement vaincu. Le temps est le grand ennemi, le maître implacable. Il ne reste à Chance qu'à attendre son heure…

Françoise Sagan traduit *Doux Oiseau de jeunesse* en 1971. La première parisienne eut lieu le 1er octobre au théâtre de l'Atelier avec Edwige Feuillère dans le rôle de Princesse et Bernard Fresson dans le rôle de Chance. Juliette Gréco chante *Doux Oiseau de jeunesse*, chanson écrite par Françoise Sagan sur une musique de Frédéric Botton.

« Maria Saint-Just accompagna Tennessee à la première à Paris. Françoise Sagan leur avait trouvé des chambres dans un charmant hôtel qui avait vue sur le Père-Lachaise. Tennessee crut à une farce macabre de la part de Sagan et décida de changer d'hôtel. Paris était à ce moment envahi à cause du prix de l'Arc de Triomphe à Longchamp, mais ils finirent par trouver des chambres au *Lancaster*. « Françoise Sagan se faisait beaucoup de souci, sachant combien Tennessee était insaisissable. Elle ne tenta pas moins de lui faire comprendre que la seule personne qu'il devait prendre dans ses bras, embrasser et féliciter après la représentation était Edwige Feuillère et que, plus important que tout, il ne devait prêter aucune attention à l'un des rôles masculins, qui jouait comme un pied et était détesté par le reste de la troupe. Pendant le spectacle, Tennessee et moi nous sommes ennuyés et avons passé le deuxième acte dans une petite boîte de strip-tease à Pigalle. Ensuite au foyer, Ten a croisé le regard de Françoise et s'est souvenu qu'il devait dire quelque chose à quelqu'un. Il s'est rué vers le mauvais acteur, l'a pris dans ses bras et s'est

écrié : “Vous êtes magnifique !”, ignorant complètement Edwige. Tennessee était très content de lui. »
Auteur anonyme

1.

Georges, bien calé dans son fauteuil directorial, tendait à ne pas montrer son impatience, pensant qu'il pouvait encore gagner la partie. Anita, les jambes élégamment croisées, faisait face à celui qui jouait à la fois le rôle d'ami et de producteur. Elle aussi commençait à flirter avec une légère exaspération :

— Non, je ne le ferai pas !

— Mais pourquoi ? C'est un beau rôle.

— Non, ne compte pas sur moi.

— Tout est réuni, un bon metteur en scène, un montage financier sûr et…

— Et alors ?

— Tu as un partenaire de choix que beaucoup t'envieraient !

— Je sais, mais non.

— Enfin, ma chérie, ce serait une étape dans ta carrière…

— Qu'est-ce que ça veut dire : une étape ?

— Tout le monde arrive à ce type de rôle, un jour ou l'autre.

— Eh bien, pas moi !

— Mais que veux-tu jouer maintenant à ton… à ton…

— Âge ?

— Oui.

— C'est dit : l'âge.

— Il n'y a pas que ça, c'est aussi un rôle merveilleux de mère.

— Voilà le cœur du problème !

— Pourquoi ne veux-tu pas essayer ?

— Jouer les mères, puis les grands-mères, merci, très peu pour moi.

— Il faudra bien y arriver un jour.

— Je n'en ai aucune envie.

— Tu vas perdre un beau contrat. Ne sois pas entêtée.

— C'est vrai, je suis entêtée, tu as en grande partie raison.

— Ah ! quand même.

— Je suis forcée de reconnaître que la nature se montre injuste.

— Bien sûr, il y a pour les actrices un cap difficile à franchir.

— Un cap difficile… En fait, tout cela, c'est dans la tête des scénaristes et des producteurs.

— Peut-être…

— Sûrement ! Tu es bien placé pour le savoir.

— Mais réfléchis. Ce rôle est magnifique.

— Sans doute… pour une autre !

— Le scénario est remarquablement écrit. Et tu sais comme moi que cela devient de plus en plus rare.

— Je sais, tout est parfait. Tout et tout.

— Alors je te le répète, réfléchis bien.

— Encore !

— Je te parle pour ton bien, sinon tu vas couler ta carrière.

— Ce que tu peux être désagréable. Tu n'as rien trouvé d'autre que de jouer les Cassandre.

— Simplement écoute-moi et laisse-moi aller jusqu'au bout, ma chérie.

— Je déteste quand tu m'appelles « ma chérie ».

— Pourquoi ?

— Parce que je sais trop que tu me flattes et cherches à me faire avaler des couleuvres.

— Mais non !

— Mais si !

— On ne peut rien te dire.

— Tu en meurs d'envie. Je vais essayer de ne plus t'interrompre.

— Tu en es sûre ?

— Oui.

— Bon. Regarde Darrieux qui a eu tous les hommes à ses pieds.

— Exact.

— Eh bien, elle n'a pas hésité à jouer des rôles de mères avec succès. Dans *Les Demoiselles de Rochefort* par exemple, elle était la mère de Deneuve et de Dorléac. Elle y était superbe, charmante. Le rôle lui allait bien et ne lui enlevait rien de sa séduction.

— Et alors ? Où veux-tu en venir ?

— Alors tu es une bonne actrice et tu peux le faire toi aussi. Le public sera sous le charme, il y croira.

— Vil flambeur !

— Mais non, je le pense ; je t'ai cité un cas qui a été une réussite et il y en a d'autres.

— Écoute, Darrieux c'est Darrieux, tout lui a réussi.

— Mais elle n'est pas la seule à avoir su changer de cap.

— Effectivement.

— Qu'est-ce que ça veut dire effectivement ?

— Rien de particulier.

— Ah bon ! Je pourrais donc te citer plein de grands noms de cinéma... Tiens, à Hollywood par exemple, comme Katharine Hepburn et...

— Garde ta filmographie pour d'autres, et d'ailleurs, autant qu'il m'en souvienne, je n'ai jamais vu Marlene dans ce genre de rôle.

— Exact. Ni Greta Garbo... mais elle s'est arrêtée assez tôt, avant d'en arriver là.

— Oui ?

— Ce n'est pas ce que je voulais dire.

— Mais tu l'as dit. J'encaisse.

— Tu sais, au fond, il n'y a que le premier pas qui coûte.

— Et ça me coûte beaucoup.

— Voyons, sois raisonnable.

— Et si, moi, je ne veux pas être raisonnable, et si ça me fait profondément chier les rôles de mères !

— Pourrais-tu me donner une autre raison que « ça me fait profondément chier » ? C'est un peu court, non ?

— C'est simple, je ne me vois pas dans ce genre de rôles et je ne m'y sens pas crédible un seul instant. Dans ces conditions, comment veux-tu que le public y croie ?

— Que tu es butée !

— Pourquoi devrions-nous jouer, à partir d'un certain âge, ces rôles-là ?

— C'est dans l'ordre des choses.

— L'ordre des choses, mon cul !

— Mais, ma chérie...

— Arrête avec tes « ma chérie » !

— Bon, je ne te comprends pas.

— Est-ce qu'on demande aux hommes de se cantonner aux rôles de pères ?

— Il y en a qui l'ont fait.

— Si peu.

— Regarde Gabin, qui lui aussi a été un grand séducteur, il s'y est converti.

— Tu as toujours des exemples contraires.

— Parce que c'est vrai.

— Oui, mais il y en a beaucoup d'autres qui continuent à jouer les séducteurs, les agents secrets, les hommes d'affaires, les gangsters… que sais-je encore.

— Tu n'as pas tort.

— Ah ! quand même.

— Mais cela ne change pas grand-chose à la question. Réfléchis, surtout si tu regardes le film que tu es en train de tourner en ce moment. Il ne vaut pas ce que je te propose à présent.

— Entièrement d'accord.

— Enfin !

— Mais cela ne change rien à ma décision.

— Alors que comptes-tu faire si tu refuses encore ce rôle ?

— Je vais en trouver un autre qui me convienne.

— Bon courage !

— Tu m'en crois incapable ?

— Non, mais…

— Tu manques d'enthousiasme.

— Tu sais que ce n'est pas une mince affaire.

— Oui, mais j'y suis déterminée, dussé-je le produire moi-même.

— Eh bien ! Rien que ça !

— Si je t'apportais un bon scénario, quelque chose de solide avec des moyens, tu ne dirais pas non ?

— Je ne dirais pas non, mais en attendant, réfléchis encore. Tu as toutes les cartes en main.

— Au jeu des sept familles dans lequel je demande la mère. C'est ça ?

— Tu peux bien être caustique, c'est un beau rôle que tu le veuilles ou non.

— Je le sais et je vais y réfléchir. Tu vois, je laisse "la porte ouverte".

— Entrouverte…

— Si tu veux. Mais toi aussi, n'oublie pas ce que je t'ai dit au sujet d'un éventuel scénario.

— Je ne l'oublie pas.

— Rappelons-nous.

— C'est ça, on se rappelle.

— Le chauffeur va te raccompagner.

— Merci.

— Je vais réfléchir également. *Bye.*

— *Bye my love.*

Dans la Daimler sombre de Georges, Anita ne parla guère au chauffeur qu'elle connaissait depuis longtemps et qu'elle aimait bien. Il la raccompagna en silence. À peine un regard sur les rues de Paris, un peu bleu-gris, un peu flou.

Un sentiment de malaise après cet entretien l'avait envahie. Comme s'il s'agissait d'une bataille perdue. Un sentiment confus d'avoir tort quelque part et en même temps qu'il ne pouvait en être autrement, qu'il fallait refuser ce rôle merveilleux, qu'elle l'aurait fait à contrecœur.

À qui dire tout cela ?

Pas au chauffeur, ni même à Georges.

Elle avait mené sa carrière comme une sorte de franc-tireur. « Inclassable » selon une certaine presse. Et elle y tenait.

Pour elle, c'était une carrière exemplaire malgré les inévitables hauts et bas.

Elle n'en avait fait qu'à sa tête et sa célébrité s'attachait à cela. Ce qui n'était fait pas pour lui déplaire. Un peu différente, excentrique quelquefois.

Être connue et reconnue l'obligeait de plus en plus souvent à poser des limites, toutes celles avec lesquelles elle savait jouer à l'infini ou presque.

Anita était furieuse contre Georges. Elle savait qu'il avait raison. Raison pour le scénario qui était bon, même très bon, raison pour sa carrière aussi. Mais raison et sentiments ne font pas bon ménage. Elle connaissait le destin de celles qui avaient eu du mal à franchir le pas. Comment ne pas penser au destin tragique de Martine Carol ?

Si elle était furieuse contre Georges, c'était sans doute pour ne pas l'être contre elle-même.

Au fond, elle devait avoir intrinsèquement tort.

Qu'allait-on lui proposer désormais ? Un de ces rôles à la noix comme celui qu'elle tournait en ce moment ? Un scénario mal écrit, un metteur en scène des plus médiocres mais qui n'en avait évidemment pas conscience, un tournage ennuyeux. Voilà à quoi s'attendre. Peu réjouissant !

Elle ne pouvait continuer ainsi. Accepter c'était donner raison à Georges, faire fortune bon cœur. Là n'était pas l'essentiel. Le fond du problème était de jouer désormais des rôles qui la feraient rêver ou qui lui inspireraient un réel désir.

Elle terminerait ce film qu'elle était en train de tourner. Honorer son contrat, puis partir devenait primordial. Quitter Paris quelque temps. Trouver un refuge, un lieu où réfléchir peut-être. Se couper du monde, de son monde.

Tout était si confus, embrouillé dans sa tête. Quel cap franchir ? Cela revenait comme un leitmotiv.

Elle avait toujours aimé la Côte d'Azur. Son choix était fait. Elle avait besoin de rêver et la Côte d'Azur représentait ce rêve accessible à son âme éthérée.

2.

Une nuit américaine. Le long des quais de la Seine, Notre-Dame en arrière-plan.

Combien de fois cette scène avait-elle été tournée ? Elle avança en imperméable sombre le long du fleuve. Une voiture s'arrêta à sa hauteur. Une Porsche gris pluie. Un homme en sortit brusquement, la regarda fixement et lui barra la route.

Le metteur en scène cria :

— Coupez ! Michel, soyez plus énigmatique et vous, Anita, montrez davantage une surprise angoissée.

Une surprise angoissée, quel con ! pensa Anita. Sait-il ce que cela veut vraiment dire ?

On n'est plus dirigée comme autrefois. À scénario médiocre, metteur en scène médiocre.

— On reprend la scène. Gaston, un coup de pluie fine, juste pour l'atmosphère.

Quelle atmosphère ! pensa Anita. S'il croit que son film a une atmosphère. Il ne va pas recréer le cinéma français des années trente, ni *Quai des Brumes* ni *Hôtel du Nord.*

Nouveau clap.

Anita recommença à marcher le long des quais. Michel arrêta de nouveau la Porsche brutalement :

— Coupez ! Il y a trop de pluie, Gaston. Pluie fine, d'ambiance, c'est tout. On reprend.

Anita lança au metteur en scène un regard peu amène mais reprit son éternelle promenade, celle qui lui semblait éternelle du moins. Et puis cet imperméable sombre ne lui allait pas du tout. Qui a bien pu créer ces costumes ? Encore un médiocre.

La Porsche freina encore une fois. Michel claqua la portière et coupa la route à Anita.

Regards.

Énigmatique pour Michel, « surprise angoissée » pour Anita.

Elle s'attendit à ce que la scène fût à nouveau coupée, mais non. Le dialogue put enfin reprendre : *Vous m'avez suivie ?* dit Anita. *Vous savez pourquoi*, répondit Michel.. *Un vieux compte à régler entre nous ?* fit Anita. *Vous ne savez pas tout,* rétorqua Michel. *Quel épisode ai-je raté ?* renchérit-elle. *Le plus important,* fit Michel.

— Non Michel, ça ne va pas ! Vous ne tenez pas assez le côté énigmatique. Soyez plus froid, plus déterminé. Et vous, Anita, vous n'êtes pas dans le personnage aujourd'hui.

— Merci.

— Une demi-heure de pause, les enfants.

Enfin une bonne parole, pensa-t-elle. *Par moments, il a des éclairs de lucidité, ce cher homme.*

Pourquoi avait-elle accepté ce film ? Sur les conseils de son imprésario qui lui avait bêtement dit :

— Mais tu as fait très peu de films policiers dans ta carrière. Tu vas te renouveler.

Et Anita lui avait fait confiance. Tout le monde commençait à vieillir autour d'elle. Les jugements étaient moins sûrs. Seul Georges avait été des plus tièdes sans vraiment la décourager.

Ainsi s'était-elle embarquée dans ce film de série B. mais loin d'être à la hauteur des policiers américains des années quarante et cinquante. Un polar plutôt insipide dont le scénario était si embrouillé avec des tours et des détours qu'elle avait eu du mal à le comprendre.

Elle retrouva donc avec plaisir sa caravane où l'attendait sa fidèle cabériste, Rose. Avec elle très facile de parler, de dire tout ce qui lui passait par la tête. Pas besoin de réfléchir trois heures ou de se gêner.

— Rose, je n'en peux plus. Je suis à bout de nerfs.

— Calmez-vous, Mademoiselle Anita.

Rose l'avait toujours appelée Mademoiselle Anita. Rose était de la vieille école, de celle qui appelait les actrices de théâtre ou de cinéma « Mademoiselle ». Edwige Feuillère et Denise Grey n'y auraient pas échappé.

— Je crois que je me suis mise dans un merdier pas possible.

— Vous vous en sortirez avec brio, comme d'habitude.

— Je crois malheureusement que non, ma chère Rose. Ce pauvre garçon n'a aucun talent et nous sombrons dans la médiocrité un peu plus chaque jour. Je ne sais même pas si nous sortirons de l'impasse.

— Vous dites ça à chaque fois mais le dernier film que vous avez fait a eu du succès.

— Un certain succès et surtout il était moins mauvais, car il n'était pas bon non plus ! Le succès tenait surtout à la distribution.

— Vous êtes dure, Mademoiselle Anita.

— Lucide, Rose, lucide.

— Ce n'est pas à vous que je vais apprendre que le montage peut changer bien des choses.

— Bien sûr. Mais là je ne sais pas, et surtout, je ne crois pas que même un bon montage puisse quelque chose à ce désastre cinématographique. Je doute qu'il ait trouvé une bonne monteuse. Toute son équipe est du même acabit.

— Ne soyez pas pessimiste, Mademoiselle Anita. Et un mauvais film dans une carrière comme la vôtre, qu'est-ce que cela peut changer ?

— Un mauvais film, pas grand-chose, tu as raison, mais une série de films médiocres, c'est autre chose.

— Oh ! vous n'exagérez pas un peu ?

— Si peu, Rose, si peu !

— Le prochain scénario sera meilleur.

— Souhaitons-le, mais je ne sais pas si les dieux du cinéma t'entendront.

Anita n'osa pas parler à Rose de ce que lui avait proposé Georges et de la qualité de ce projet. Elle craignait trop que Rose, pleine de bon sens, ne l'encourageât dans cette voie. Anita ne voulait surtout pas l'entendre. Elle reprit, ayant retrouvé un peu ses esprits :

— En attendant un miracle, fais-moi un raccord maquillage et donne-moi un coup de peigne. Cette foutue pluie artificielle ne me vaut rien. Même ça, ils ne savent pas le régler.

— Vous vous énervez de nouveau, Mademoiselle Anita.

— Tu as raison mais je sens que c'est loin de s'arrêter.

Rose ne dit plus rien et lui fit un petit massage de la nuque pour la détendre. Puis elle étala soigneusement sur la coiffeuse tous les produits de maquillage, pinceaux, tubes, petites boîtes à fard, bâtons de rouge... Elle s'appliqua plus que d'ordinaire. Ce raccord esthétique lui évitait de ranimer une conversation qui devenait vite électrique. Elle termina par la coiffure pendant qu'Anita buvait un thé. Toujours le même thé russe que Rose achetait près de la rue Daru.

Au moment où tout semblait enfin plus serein, quelqu'un frappa énergiquement à la porte. Avant d'attendre une quelconque réponse, un assistant ouvrit et cria :

— On reprend.

Puis il tira la porte d'un coup sec. Anita et Rose se regardèrent interloquées. Rose ne put s'empêcher de faire remarquer :

— L'éducation n'est plus ce qu'elle était.

— Tu l'as dit. Que peut-on attendre de cette équipe ? Ni éducation ni sens artistique, répliqua Anita, un peu amère.

Rose regretta instantanément ses mots. Trop tard, c'était dit.

Avant de sortir, Anita respira profondément. Une vieille technique éculée mais toujours efficace.

Prête pour retrouver à nouveau toute l'équipe de tournage. Il y eut d'ultimes réglages avant de recommencer la même longue scène.

Anita reprit sa marche le long du fleuve mythique, Notre-Dame toujours en arrière-plan. Elle pensa : *comment s'évader de ce film ?* Un flash, tout en sachant qu'elle était bien trop professionnelle pour le faire.

Quelques pas et la Porsche s'arrêta pour la énième prise. La pluie avait finalement été correctement réglée.

Michel claqua la portière de la voiture avec vigueur. Le dialogue s'ouvrit :

— Vous m'avez suivie ?

Le soir, Anita rentra chez elle. La voiture de la production l'avait raccompagnée et on avait déposé Rose.

La journée lui avait procuré un grand sentiment de vide.

Pourquoi avait-elle accepté ce rôle ? Pourquoi ne pas avoir suffisamment écouté Georges ?

Ce rôle d'une riche veuve (sans enfants !) mêlée à une intrigue policière… enfin, qui se voulait policière. Mal ficelée en tout cas. Et plus compliquée qu'intéressante.

Les scénaristes s'étaient évertués, se croyant très subtils sûrement, à mélanger les fils et les pistes pour dérouter le spectateur.

Piètre résultat !

Pour Anita, les meilleurs films devaient avoir une intrigue simple comme ceux qu'avait tournés Preminger. Aussi bien *Rivière sans Retour* que *Bonjour Tristesse*. Les intrigues compliquées dont se régalait quelquefois le cinéma actuel l'ennuyaient profondément. Il lui semblait que tout cela masquait un manque d'envergure.

Elle ne se coucha pas sachant pertinemment qu'elle ne dormirait pas. Même si ce scénario médiocre lui avait pourtant paru le moins mauvais de ceux qu'on lui avait proposés, elle ne continuerait pas ainsi. Reprendre sa carrière en main pour éviter la débandade, l'oubli, cela l'obligeait. Elle savait bien qu'elle ne supporterait pas de passer à la trappe.

Le lendemain, le tournage reprit très tôt. Rose arrangea la situation de main de maître. C'était une nouvelle scène dans un café très parisien. À croire que le metteur en scène cultivait la note *frenchy* en espérant exporter le film. S'imaginait-il déjà sceller des contrats jusqu'au fin fond de certains pays de l'Est ?

La scène se situait avant celle de la veille avec la Porsche. Anita devait arriver en retard à un important rendez-vous. Rencontre avec un homme de main pour exécuter une basse besogne. Passionnant !

Le metteur en scène avait choisi une banquette rouge qui épousait un angle du café. C'était très tableau de Renoir, avec des boiseries foncées et des vitres dépolies.

L'homme de main était joué par un costaud dont la carrière s'était limitée à ce genre de rôles. Pas antipathique le bonhomme, cependant.

On vérifia plusieurs fois l'éclairage. On répéta brièvement la scène. Rien d'original mais Anita sentit qu'on était partis pour une bonne série de prises.

À la fois prête à subir ce qu'on allait lui demander et légèrement exaspérée à cette pensée.

Clap de démarrage.

3.

L'avion venait de décoller pour Nice. Le ciel parisien était maussade, le blanc et le gris de l'aéroport se confondaient dans un paysage géométrique un peu triste.

Anita ferma les yeux. En fait, elle fuyait le milieu du cinéma, son milieu.

Le film était enfin terminé. Elle n'irait pas à la première et n'assurerait pas la promotion. Aucune date n'avait été fixée. Surtout, qu'ils se débrouillent sans elle !

Que pourrait sauver le montage de cet imbroglio ? Peu, très peu. On avait arrêté un titre : *Tueurs dans la nuit*. Ridicule. Mais peut-être que ce titre ferait venir de futurs spectateurs… déçus.

Cela n'avait rien avoir avec *Les Tueurs* et le trio Hemingway, Lancaster et Ava Gardner. Encore une fois, Rose s'était montrée trop optimiste ou faussement optimiste.

Anita se sentait découragée. Ce n'était pas si fréquent. L'impression de naviguer à vue, de s'enliser en raison de cette succession de films médiocres la hantait. Songerait-elle à arrêter sa carrière ? Avant d'en arriver là, elle voulait s'offrir une parenthèse. La fameuse. Être tranquille quelque temps. Se retrouver incognito, réfléchir à bon escient. Et cesser de cogiter, de se poser les mêmes questions lancinantes.

On lui avait prêté fort obligeamment une villa sur les hauteurs de la ville entre le boulevard Carabacel et la colline de Cimiez. C'était une villa Art déco où elle avait été reçue plusieurs fois. Belle demeure par sa sobriété et sa position dominante sur toute la baie des Anges.

Les propriétaires prolongeaient leur séjour dans une lointaine île du Pacifique. Suffisamment isolés pour reconstruire leur couple, du moins l'espéraient-ils. Ils seraient donc muets sur ce séjour, bien trop occupés par eux-mêmes. Mais Anita ne croyait guère que cet isolement favoriserait leur réconciliation.

Elle espérait rester le plus longtemps cachée. Éviter ainsi des invitations à droite et à gauche pour ne pas avoir à les refuser.

Le seul dilemme qui se posait encore à elle : pouvait-on avoir confiance dans le personnel de la villa ? Saurait-il résister à quelques retombées financières toujours bienvenues ? Que dire de la presse locale qui communiquerait toute info à une chaîne de radio ou à un magazine spécialisé, friand de la vie des célébrités ? Ici, sur la Côte, elle pensait à son père qui avait tant aimé être ici. Il y avait laissé des fortunes entre les palaces et les casinos, entre les champs de courses et de jolies passantes. Mais, au fond, que savait-elle vraiment de lui ?

Il était né à Amsterdam et avait toujours gardé sa nationalité néerlandaise malgré sa vie de nomade fortuné. Il représentait ce qu'il est convenu d'appeler un fils de bonne famille. Une famille de riches brasseurs qui régnait sur plusieurs usines. Lui ne s'était jamais intéressé aux affaires. Il n'avait rien du côté marchand austère des tableaux de l'école hollandaise. Plus Rubens que Rembrandt dans la jouissance. Pas de plan de carrière en dehors du plaisir et encore moins toute idée de mariage arrangé. Très vite, il avait abandonné la gestion de ses affaires et ses deux frères, trop contents, avaient su en profiter. En contrepartie il avait mené la belle vie.

Petite, elle ne l'avait jamais vu rouler qu'en Facel Vega, Packard ou Armstrong Siddeley. Une vraie chance de partager son temps d'oisif entre Londres et Paris, des lieux beaucoup plus gais que les villes hollandaises. Et surtout, elle se remémorait ce penchant marqué pour les stations balnéaires, Deauville, la Riviera. Toujours loin d'Amsterdam, des brasseries, des comptes et des florins.

Ces mêmes florins et ces paquets d'actions qu'il avait consciencieusement dilapidés. Héritage et fumée. Jolies femmes, tapis vert et champagne. La vie, quoi !

Comment avait-il rencontré sa mère ?

Là, les versions différaient.

Seul un point commun concordait : l'endroit. Paris. Sans doute une soirée mondaine parmi tant d'autres. Pour son père, c'était un dîner dans un grand restaurant proche du Palais-Royal et pour elle, sa femme, un cocktail qui avait suivi un défilé Chanel.

Elle n'avait pour toute fortune que sa beauté. Ce qui lui avait permis de présenter des modèles de haute couture. Anita avait entendu parler très tôt de Balenciaga, de Patou ou de Lanvin, sans savoir à quoi réellement s'en tenir. Des noms qui résonnaient pourtant d'une certaine importance dans la bouche de sa génitrice. Parfois, souvent même, avec une pointe de nostalgie dont elle se sentait un peu responsable.

Son père s'était rapidement épris de sa mère au cours de cette fameuse soirée. Laquelle, en fait ?

Passion sulfureuse, trop sulfureuse et trop vite endurée pour que cela durât. Rien ne durait jamais avec cet homme-papillon.

Un mariage à Passy, décidé à la hâte, et une année plus tard un divorce. Juste le temps pour Anita de venir au monde. Au moment de leur séparation, son père leur avait offert une boutique de mode avec un petit atelier, proche de la rue du Faubourg-Saint-Honoré. De quoi vivre à peu près décemment après une année de rêve, brève et insouciante.

C'était là qu'Anita avait grandi au milieu des tissus, des plumes et des broderies. Mais aussi entre les essayages, les clientes mécontentes ou pressées, les livreurs. Une vie où rien ne semblait jamais être terminé. Toujours quelque chose à reprendre, à livrer…

C'était là également que son père revenait quelquefois sans crier gare. Impromptu et souverain.

Il l'enlevait pour deux ou trois heures. Destination : des endroits magiques où elle n'allait qu'avec lui. Le lac du bois de Boulogne, la *Closerie des Lilas*, le château de Chantilly et le champ de courses.

Et puis, comme dans un tour de magie, il disparaissait. Abracadabra.

Déjà la Packard s'était envolée, disparue au coin de la rue. Anita regardait, incrédule devant la boutique, la réalité revenir à grands pas.

Et pourtant malgré les désillusions, malgré cette amertume aiguë qui pointait, Anita adorait ces visites inopinées et magiques. La magie la réveillait là où il l'avait laissée, comme la Belle au bois dormant. La réalité dépassait ses rêves les plus fous. Des bras chargés de cadeaux, ces endroits raffinés aux noms de paradis, le Petit Trianon, la piscine Molitor…

Jusqu'au jour où Anita comprit qu'il ne viendrait plus. Un jour où elle avait surpris une conversation entre sa mère et une de ses meilleures clientes. Il était question d'une fuite en Argentine, d'un refuge à Mar del Plata, on parlait de dettes et de menaces. Anita n'avait pas compris tous les éléments du scénario mais elle avait su que le rêve était fini. Quel âge pouvait-elle avoir ? Treize, quatorze ans ?

De lui, elle possédait ce besoin de plaire et de séduire. Besoin de changer aussi cette forme d'instabilité. Quête sans fin du plaisir, du jeu de la séduction. Ne pas se satisfaire de ce qui est ou de ce que l'on a. Aller toujours plus loin, et surtout, ailleurs. Quelques chimères dans tout ça. Mais aussi un besoin irrépressible de pointer quelques coups de canif dans le contrat de la vie, comme le fait un couple marié pour que l'existence-à-deux reste supportable.

Son père fuyait la réalité comme si c'était une chose incongrue, déplacée, presque indécente. Et elle, que savait-elle de la réalité, de ce que les gens, les autres, appelaient la vraie vie ?

Pas grand-chose sans doute. Elle avait été projetée si tôt dans le milieu du cinéma. C'était à peine sortie de sa prime jeunesse. Sa mère avait été incapable de dire non ou de faire preuve d'acte d'autorité. Des rôles de jeune première dans des films sentimentaux qu'on disait datés désormais l'avaient imposée comme une étoile montante du 7e art. Cela n'avait pas été le plus difficile. Le plus laborieux était de durer et de choisir des rôles qui marquent une carrière, de ceux qui seront autant de traces indélébiles dans un milieu impitoyable qui broie, sacrifie, oublie. Une vie de cinéma où l'on est à la fois entouré et isolé, coupé du monde. En elle, subsistait pourtant cette persévérance rationnelle teintée de réalisme qui faisait la différence avec ce père absent. Prendre ce cinéma à bras-le-corps, s'investir à fond, c'était mieux que de ne faire que passer, que de croire vaincue d'avance.

Avoir choisi Nice, plutôt que Saint-Tropez ou Monte-Carlo était un atout. Oui, Nice possédait cette part d'anonymat que l'on retrouve dans certaines grandes villes. Elle raffolait de ces parenthèses heureuses. Elle y avait rencontré deux de ses trois maris, dont l'un pianiste émérite qui la traînait partout, de cabaret en boîte de jazz. Elle se souvenait de ces fois où elle quittait le festival de Cannes, ses palaces en pleine lumière, ses fêtes, le strass et les flashes pour venir à Nice, le soir. Se restaurer incognito dans de petits restaurants des vieux quartiers, y chercher des aventures, les trouver délicieusement excitantes. Jouir de n'être pas reconnue, de s'apparenter à une belle touriste étrangère. Après tout, son père n'était-il pas hollandais ?

Elle repensait à de jeunes mâles latins, bruns et minces. De vrais garçons du peuple aux gueules d'anges sortis tout droit de *Mélodie en sous-sol*. Que cherchait-elle ? Des peaux jeunes, lisses et tendues ? Des corps à caresser sans retenue, sans arrière-pensée si ce n'est le plaisir immédiat ?

Loin des studios, des producteurs, c'est bien là dans ces petites rues que tout semblait possible, agréable à saisir. Un garçon, un peu plus perspicace que les autres, n'avait cependant pas manqué de lui faire remarquer qu'il ne fallait pas jouer à être une autre.

— Vous ressemblez à une actrice célèbre.

— Ah oui ?

— Oui, à Anita Deweers.

— Vous croyez ?

— Certainement. On ne vous l'a jamais dit ?

— En y réfléchissant bien, deux ou trois fois.

— Ah ! vous voyez.

Il n'était pas allé plus loin. Il se laissait le bénéfice du doute. C'était si délicieux d'imaginer avoir eu une aventure d'un soir avec Anita Deweers. Il en tirait quelque vanité.

Tout cela faisait partie du jeu inexorable. Un jeu paradoxal. Toute une vie à se construire un personnage, à chercher la célébrité et la reconnaissance. Toute une vie à jouer de cette complexité entre être et paraître. Devenir cette image enviée, adulée, respectée. Et tout à coup prendre plaisir, jouir même, de tomber les masques, de ne plus être celle-là, de l'oublier, de l'effacer. C'était ce que faisait parfois Marilyn dans les rues de New York. Et quand la fille de Strasberg s'en étonnait, Marilyn changeait d'attitude et comme un caméléon, redevenait autre.

Oui, il y avait bien ce désir de jouer, de changer de peau, de renverser le miroir. Qui aurait pu dire où était la véritable Anita ?

Elle aimait les contrastes, passer d'un univers à un autre. Caresser cette sensation délicieuse de quitter la promenade des Anglais, ses palmiers impeccables, ses cabriolets aux couleurs acidulées et quelques notes de jazz qui s'échappent d'un endroit à la mode. Entrer ensuite dans ces petites rues, étroites, fermées, sans horizon. Parfois, il y a des impasses où la lumière n'y est plus la même. On n'y marche plus de la même façon. On y est plus attentif à tout, tel dans un plan cadré de cinéma. Sur la Promenade, les regards sont distants, évadés, sommaires. Dans ces ruelles, tout est chargé de sens, d'intentions secrètes et essentielles. Tout cela lui rappelait aussi une rencontre hasardeuse à Rome, dans le quartier du Trastevere. Le gars avait tout de la petite frappe au visage de médaille romaine. Un moment déroutant, comme ceux qu'elle avait connus avec tous ces garçons qui hantaient les palaces ou les plateaux de cinéma, prêts à une aventure avec elle.

Était-ce là le nouveau dilemme de sa vie ? Bien sûr que non.

4.

Georges la contacta durant son périple afin de lui demander de réfléchir encore. Anita, il l'avait prise sous sa protection et il savait que c'était réciproque. Comment pouvait-il en être autrement ? Ensemble, ils ne parlaient pas que de cinéma. La littérature occupait un long pan de leurs échanges, et il arrivait à Georges de raconter ses velléités toutes littéraires. Un soir, avant qu'elle ne quitte la Méditerranée et cette somptueuse villa enfouie dans une végétation digne de figurer dans une toile de Bonnard et ce ciel toujours si bleu, il lui écrivit une longue lettre fort émouvante sur l'écriture. « Tu vois, Anita, écrivait-il, je me demande d'où vient chez n'importe quel auteur et scénariste cette nécessité qui s'apparente souvent à un désir urgent de ne plus se taire, d'où vient cette force vive qui désigne les mots, les gestes, et les regards à transmettre, d'où vient l'originalité d'un texte produit ? De l'enfance, peut-être ? De l'expérience de l'enfance et de l'expérience de l'adulte mêlées, de ces expériences enfouies, tues, de ces songes souterrains et couvés qui jaillissent à un moment donné ? Ou cela vient-il de la nuit, de ce qui germe et suffoque au moment du crépuscule, de ce silence qui se fait en soi comme un temps nécessaire à la maturation du matériau littéraire ? Crois-tu que cela soit ce que l'on savoure, avant de déposer, intrépide ou timoré, sans jamais se sentir en paix, la chose écrite sur la feuille blanche ? D'où vient l'énergie d'écrire qui t'intime cette volonté de transcrire, de retranscrire, de partager, de raconter des histoires, d'apparaître pour ne plus apparaître ? Est-ce un désir de la transformation de la misère en espérance, de la transformation de notre part intime à ce qui, à force d'avoir été ressassé puis digéré, va sortir de l'anonymat, être livré en pâture, s'exposer au jugement universel ? Cette énergie d'écrire, vois-tu Anita, me vient de l'angoisse de la mort, de la souffrance intérieure. Pourquoi écrire ? Pourquoi et comment c'est possible ? Écrit-on pour tenir et pour réparer ? Écrit-on pour fuir les implacables propagandes ? Je crois. J'écris pour affirmer et parler sans frémir. J'écris pour vivre intensément ma vie comme toi, tu joues la tienne à chaque instant quand tu t'exposes. J'écris pour construire et travailler une langue vivante qui ne laisse plus de place à la répétition et qui se libère des formes orthodoxes. J'écris pour comprendre les concepts contemporains. Pour assimiler les questionnements, y répondre. J'écris pour aimer la réalité présente et la retranscrire. J'écris pour aller voir du côté de ceux qui disparaissent. J'écris pour suivre et poursuivre ceux qui tournent le dos au monde, qui vont vivre dans la forêt, qui s'y retirent pour y vieillir. J'écris pour explorer ce que signifie vieillir. J'écris pour comprendre ce que signifie apprivoiser la mort. Écrire est un prolongement qui dispense de trop penser à la mort. J'écris d'une certaine façon pour faire vivre des personnages qui vivent aussi leur vieillesse comme un rare privilège. J'écris comme tu joues, à force d'observer longuement mes contemporains se débattre avec les bruits et les mouvements du monde. J'écris comme tu joues pour cerner des tranches de vie dans lesquelles je vais discerner le vrai du faux. J'écris comme tu joues, pour aimer, donner le change. J'écris comme tu joues, alternant réflexions et respirations des voix, des corps. J'écris pour me remémorer. J'écris pour ne pas brader le souvenir. J'écris parce que je cherche. J'écris pour rechercher la vie "véridique". Comme toi, j'ai envie d'épiphanies, j'ai envie de couler dans les profondeurs des livres, j'ai envie d'extraire le meilleur des plumes douloureuses, j'ai envie de lignes téméraires et affranchies qui me happent et m'arriment à elles, j'ai envie de comprendre ce qui anéantit la tendresse et l'inexacte douceur des sentiments, j'ai envie de savoir ce qui se meut, ce qui pivote, ce qui s'obscurcit et se fissure, j'ai envie de gravités sourdes, de pagailles joyeuses, de tumultes insatiables comme ceux des océans, j'ai envie d'exaltations brûlantes à l'égal de tes prestations scéniques, j'ai envie de caresser des rêves, mêmes friables, et de te les communiquer. Fais-en ce que tu veux. Voyons-nous vite à ton retour de Nice, et discutons de tout cela, si tu le souhaites, ma belle Anita ».

L'avion venait de décoller de cette piste si proche de la mer, laissant loin derrière les escapades nocturnes dans le vieux Nice. Au loin, les montagnes face à l'horizon bleuté offraient un contraste saisissant. *Que reste-il de nos amours*, chante Trenet. Un peu de nostalgie, un goût d'ailleurs, des ruptures qui avaient laissé peu de traces. Et pourtant.

Elle relut avec beaucoup d'émotion cette lettre de Georges à laquelle elle ne s'attendait guère. C'était le moins que l'on puisse dire. Ce n'est pas la première fois qu'il se livrait ainsi avec tant de flamboyance mais là, tout de même. Elle songea qu'il devait continuer de nourrir quelque sentiment. Inévitablement. Et cette lettre disait un espoir non feint d'être écouté, considéré.

Elle ferma les yeux et des bribes de sa vie défilèrent.

Oui, elle avait été mariée très jeune, ce qui était loin d'avoir déclenché l'enthousiasme de sa mère. Il y avait eu Nicolas. Un danseur d'origine russe. Elle avait cédé au charme slave, au mélange de douceur et de violence. Elle en avait été déroutée, essayant là encore d'attraper ce qui est insaisissable.

Une vie de parfaite bohème. La vie qu'on a à vingt ans.

Nicolas n'avait pas d'engagements durables, et pour boucler ses fins de mois, il louait ses services de taxi-boy dans un dancing aux allures de salon de thé proche des Champs-Élysées. Devait-il céder à leurs avances dans l'intérêt du service comme on dit dans certaines administrations ou entreprises ? Savait-il se préserver habilement ?

Anita, elle, cherchait de son côté à faire quelques photos pour des magazines et des maisons de couture. Mais le milieu de la mode a également la mémoire courte. Qui se souvenait encore de Catherine V. ?

Anita n'avait jamais été vraiment mannequin. Elle était devenue cover-girl (Elsa Martinelli n'avait-elle pas commencé comme cela ?).

Elle s'essaya à décrocher de petits rôles dans des théâtres parisiens ou des films plus ou moins intéressants. Les rôles ne l'étaient guère la plupart du temps. C'était à peine plus que de la figuration. Il suffisait d'un sourire aguicheur, il suffisait de posséder une silhouette élégante, de s'employer à jouer les soubrettes pour un film historique. D'accepter des scènes de surprise-partie ou de bandes sur une plage. C'était facile.

Les semaines s'enchaînaient dans cette course au cachet pour l'un et pour l'autre. Ils étaient restés ainsi mariés plus de trois ans. Elle conservait au chaud le souvenir de cette vie galère qui n'effaçait en rien l'incertitude d'un avenir encore plus précaire.

Puis, sans crier gare, le succès était venu d'un coup. Anita avait enchaîné deux films à petit budget qui avaient connu un succès fou. De ceux qui marquent une génération. Cela l'avait propulsée dans ce qu'on appelait encore le vedettariat.

Son chemin s'était alors séparé de celui de Nicolas pour qui la reconnaissance vint un peu plus tard.

Le divorce avait été prononcé à Paris entre deux tournages pour elle, entre deux tournées pour lui.

Elle ne se souvenait que de leur sortie du tribunal. Des marches du palais de Justice. Une averse soudaine les avait retenus un quart d'heure en haut de celles-ci. Ils se regardaient sans animosité mais avec une bienveillance presque indifférente, de celle qu'on accorde à quelqu'un d'aimable que l'on vient de vous présenter.

Enfin la pluie avait cessé.

Anita avait pris un taxi, Nicolas s'en était allé vers les quais, mains dans les poches, vêtu d'un long imperméable qui le rendait si élégant. Il sifflait ostensiblement, on se retournait sur lui.

Un nouveau film l'attendait, un rôle dramatique et fort qui l'intéressait au plus haut point. Il y aurait des scènes en studio puis on se rendrait dans une station de sports d'hiver. Courchevel ou Cortina d'Ampezzo, rien n'était encore fixé.

Il y avait eu l'épisode hollywoodien. Il l'avait fortement marquée. Elle avait tellement hésité venir faire ce film aux États-Unis. Peu d'acteurs y avaient réussi. Les Majors n'avaient retenu que quelques noms comme Louis Jourdan ou Leslie Caron. Mais forte de sa jeune gloire, elle était prête à tenter l'aventure malgré tout.

Se croit-on plus fort que les autres ?

L'intrigue du film se déroulait en grande partie dans un chalet de montagne, à Aspen. Décidément cela devenait une habitude de tournage, les stations de sports d'hiver. Le scénario était une sorte de huis-clos centré sur un couple qui battait de l'aile, qui se déchirait.

Le rôle masculin était tenu par Franky March qu'on présentait comme étant le nouveau James Dean. Premier ou dernier des prétendants, les studios misaient sur lui et les magazines féminins en avaient plein la bouche de ses photos et de ses interviews.

Presque tout de suite, pour ne pas dire immédiatement, le jeu de la séduction avait opéré entre Anita et lui. Comme le dit très précisément une phrase d'*Aimez-vous Brahms...*, c'était « le contact entre deux épidermes. » Anthony Perkins, lui, ajoute : « l'amour est bien plus ça ». Était-ce le cas, ici ? Ils ne cherchèrent pas à le savoir.

Franky était l'incarnation du jeune mâle américain qui faisait rêver un bon nombre de Françaises. Anita lui avait cédé très vite, sans réfléchir.

À peine le film terminé, ils avaient filé à Las Vegas pour s'y marier. La chapelle ressemblait plus à un décor en carton-pâte de la Fox qu'à un lieu de prière. Pour témoins, ils prirent les collabs de l'équipe de tournage qu'ils avaient embarqués avec eux. Après la cérémonie fut organisé un cocktail dans le salon rouge d'un palace. C'était une mise en scène de la production ; l'intimité y était rendue impossible. Elle songea à *Vie privée* de Louis Malle. Mais l'euphorie de l'instant présent et la fureur de vivre emportaient tout, encore une fois.

La nuit de noces eut lieu au *Flamingo*. Le lendemain matin, c'est une autre scène de film qui traversa la tête d'Anita. Au début des *Misfits*, Marilyn divorce à Reno, autre ville du Nevada. Terrassée par cette atmosphère presque irréelle dans laquelle elle vivait, elle comprend que les événements qui s'enchaînent comme dans un scénario où les scènes ne cessent de s'enchaîner, deviennent à peine maîtrisables.

Le Nevada semblait être le lieu de tous les excès. On y abolissait les limites. On s'y mariait et on y divorçait comme si on se rendait au drugstore. Franky ne se privait pas de conduire pied au plancher au volant de son cabriolet sport italien. Anita se souvenait de cet air chaud et sec sur le visage quand ils traversaient le désert et s'enivraient de vitesse et de liberté.

Mais le séjour à Las Vegas fut de courte durée.

Exit les lumières du *Flamingo*, les longues promenades en voiture, les nuits torrides et les folies dues à l'alcool ou à l'envie de vivre fort et vite. Elle se retrouva seule dans la jungle hollywoodienne où les chroniqueuses commencent avec une certaine délectation leur travail de sape. La romance vire à la rupture annoncée. Anita attendait aussi des rôles intéressants. Tout ce qu'on lui proposa, ce fut un péplum inspiré de l'histoire romaine. La plastique des actrices, leurs robes échancrées, leurs lourdes parures répondaient à des critères précis valorisant d'abord la musculature irréprochable des acteurs et des décors un peu trop clinquants.

Durant un week-end de repos entre les prises, Franky décida de l'emmener dans sa famille, un cadre bien léché dans une de ces banlieues aisées de Los Angeles qui s'étaient multipliées presque à l'infini.

Une pelouse impeccable montait doucement vers la maison blanc et bleu. Devant l'immense garage, on voyait un break aux montants de bois et une décapotable vert amande. Tous les symboles du rêve américain, disons plutôt du confort américain, apparaissaient ostensiblement en lettres XXL.

L'accueil fut sans âme. Anita était scrutée tel un animal étrange. Assurément, ce mariage n'était qu'un coup de tête qui ne pourrait durer.

Effectivement. Franky se mit à sortir de plus en plus sans elle. Hollywood s'était-il déjà lassé de la petite vedette française ? Anita était bien décidée à ne pas passer son temps entre le bord de sa piscine, quelques cocktails convenus ou des courses à Beverly Hills. Ni à apprendre à se passer d'un rôle providentiel ou à entretenir un mari volage. Les frasques de Franky commencèrent à faire la une des journaux. Alcool, bagarres dans des lieux improbables ou call-girls peu discrètes. On était bien sous l'influence du « Rat Pack ».

Anita comprit que sa vie n'était pas ici. L'image de Marilyn dans les *Misfits* lui revint comme en pleine figure. Ils partirent à Reno, un an après Las Vegas. Clap final. L'illusion s'achevait là dans cette ville impersonnelle et Anita revécut ce même sentiment que lors de la rupture avec Nicolas, sur les marches d'un tribunal, à l'autre bout du monde.

Karl-Alexander possédait un compte en banque très confortable. D'un univers totalement étranger au sien, germano-suisse, issu de l'alliance entre la petite aristocratie du sud de l'Allemagne et les milieux d'affaires de Zurich, il fit à Anita une cour discrète autant qu'assidue autour d'un piano. Cette constance avec laquelle il opérait, ce côté quelque peu suranné, avaient fini par la séduire. La troisième union se fit dans les règles de l'art, cette fois. La cérémonie civile des plus guindées avec un long discours en allemand fut suivie d'une réception dans la propriété familiale près de Lindau tout aussi conventionnelle. Pourtant, hélas, chacun se lassa de l'autre. Karl-Alexander n'aimait ni Paris ni les bords de mer et se sentait peu à l'aise dans les milieux du cinéma dont il ignorait les codes. Seule la musique de Wagner le ravissait et l'emportait. Elle, elle s'ennuyait ferme dans ces châteaux en faux gothique et dans ces garden-parties d'un autre âge. Un *modus vivendi* fut vite trouvé, sans heurts ni scènes inutiles. Ils passeraient quelques jours ensemble au gré de leurs engagements ou de leurs obligations.

Anita nourrissait un attachement profond pour Karl-Alexander, attachement qui semblait réciproque. Elle avait trouvé en lui un homme qui la rassurait. Ce que même son père n'avait jamais pu susciter, ce sentiment de confiance, elle l'avait acquis de sa part.

Au fond, que restait-il de tous ces hommes, de leurs corps, de leurs mots ? Quelle empreinte avaient-ils laissée ? Quelque chose de l'ordre de l'insaisissable, de l'irréversible ? Ou du sable entre les doigts ?

C'étaient des hommes qui passent, qui partent, qui s'effacent de votre mémoire ou que vous tentez d'oublier. Ces hommes étaient ces points de suspension qui délivrent des impressions fugaces si bien décrites dans les romans de Françoise Sagan.

Un tableau de Bonnard illustre bien ce qu'Anita vivait et ressentait. Il s'intitule *L'homme et la femme*. On y voit un homme nu, derrière un paravent et peut-être face à un long miroir, regardant au loin, détaché. Sa compagne est encore dans le lit, nue aussi, la tête penchée comme si elle pensait à ce qui venait de se passer, comme si elle y était encore plongée. Méditative, intériorisée. L'homme, lui, semble déjà ailleurs, pensant à tout autre chose, à ce qu'il va bientôt faire peut-être. La vie est là, impérative, pressante.

Anita avait toujours trouvé ce tableau juste et fort. Le peintre avait bien saisi cet instant où les deux amants encore ensemble sont déjà séparés, déjà sur deux cours différents. La séparation n'est pas seulement charnelle, leurs esprits divergent aussi.

La femme sait qu'elle ne pourra retenir l'homme à qui elle vient de se donner. Elle semble le regretter. Lui regarde au-delà de ce miroir ou vers une fenêtre, sa nudité ne le soucie pas. Ce tableau décrit bien la vérité humaine avec un sous-texte à peine voilé.

Ce clair-obscur, ce sous-texte entre chien et loup, Anita l'avait compris très tôt, se souvenant de ce père qui passait et que rien ni personne n'aurait pu ou su retenir. Elle n'oubliait pas ses larmes de petite fille qu'elle avait bien essayé d'esquiver deux ou trois fois, en désespoir de cause.

5.

Le retour à Paris fut difficile. *Tueurs dans la nuit* n'était pas encore sorti mais elle craignait le pire. Le film était toujours au montage duquel elle n'avait jamais espéré grand-chose. Elle hésitait devant les invitations qu'on lui proposait par peur qu'on ne lui parlât de ce film médiocre. Elle voulait absolument éviter le sujet.

Le temps s'écoula dans cette atmosphère incertaine, dans cette sorte d'entre-deux dans lequel on n'est satisfait de rien.

Finalement, Georges ne l'avait pas appelée. Peut-être n'avait-il pas en tête la date exacte de son retour ou faisait-il mine de l'ignorer ? Ou bien était-il furieux qu'elle ait refusé ce « merveilleux rôle de mère » qu'il lui avait proposé avec une insistance non feinte. De son côté, en dépit de cette merveilleuse reçue, elle se gardait bien de le contacter, rien de nouveau sous le soleil, donc.

Elle reçut un jour une invitation de Jacques du Bretton. Elle était conviée à l'une de ces grandes soirées typiquement parisiennes, très foire aux vanités. Elle avait conservé pour Jacques une profonde amitié malgré les longs espaces de temps où ils se perdaient de vue.

Il était resté charmant, spirituel, disponible en dépit d'une réussite financière insolente, à la tête d'un célèbre cabinet d'architectes. Homme « en vue », il avait réalisé de grands projets à Paris et surtout il avait décroché des contrats mirifiques en Extrême-Orient et au Canada. Tout cela avait largement contribué à sa médiatisation. Les mauvaises langues l'avaient surnommé « l'Eddy Barclay du bâtiment ». La nouvelle épousée devait sûrement espérer faire mieux que les précédentes. Comme Eddy, Jacques s'éprenait de femmes terriblement jeunes.

À son arrivée, l'appartement avenue Henri Martin était déjà bondé. Elle fut reçue par la nouvelle maîtresse de maison et épouse en titre, Valérie. Elle avait, bien sûr, entendu parler d'elle, notamment parce qu'elle était également une proche collaboratrice de son mari. Les langues fourchues des potins parisiens ne pouvaient s'empêcher d'ajouter «« très proche » avec un regard concupiscent et appuyé.

Valérie était effectivement une jeune femme brune avec une coupe au carré, des yeux vert foncé de féline. Jacques ne pouvait être que flatté d'avoir à ses côtés un si bel animal comme Hemingway l'avait dit à propos d'Ava Gardner.

Dès qu'Anita entra dans le vaste salon, tous les regards se tournèrent instinctivement vers elle.

Jacques lui baisa la main de façon théâtrale et il l'accompagna au milieu des différents cercles qui s'étaient formés. Les regards des hommes se souvenaient des scènes quelque peu osées qu'elle avait tournées. Anita était un fantasme pour un grand nombre d'entre eux. Tous ces gens, on pouvait les retrouver à Courchevel l'hiver, à Deauville au printemps et à Saint-Tropez l'été. Jacques fit les présentations d'usage. Il y avait un jeune attaché d'ambassade brésilien au physique de play-boy gominé pour série hollywoodienne à l'eau de rose. On notait la présence d'une très belle Russe qui avait réussi à la tête d'une agence de mannequins. Un écrivain à succès, dont les deux derniers romans avaient fait grand bruit, non par la qualité de leur style mais par les sujets sulfureux qu'ils abordaient, faisait des grands gestes saccadés. Enfin, un jeune universitaire qui avait quelque chose de romantique et que Jacques disait spécialisé dans la littérature américaine, commença à lui tourner autour. Sans savoir pourquoi, par instinct sans doute, ce jeune homme lui plut immédiatement. Elle, qui avait souri de façon mécanique, professionnelle aux autres, lui manifesta au contraire des marques de sympathie bien pesées.

Anita fut placée à la droite du maître de maison. Évidemment. Jacques crut habile de lancer la conversation sur les projets d'Anita :

— Alors, ma chérie, que nous prépares-tu ?

Quelle drôle et déplorable habitude avaient-ils tous de l'appeler « ma chérie » ! C'était vraiment agaçant.

— Oh ! Je ne veux pas ennuyer cette charmante assistance avec des projets de cinéma et autres soucis professionnels.

La plupart des invités se récrièrent, tel un chœur antique.

— Tu vois, tout le monde est suspendu à tes lèvres. Fais-nous rêver !

— Plusieurs projets en cours, bien sûr. Mais rien n'est encore signé et tu sais que les acteurs n'aiment pas parler de contrats tant qu'ils ne sont pas signés.

— Comme tu y vas, je ne te savais pas aussi superstitieuse !

— Tous les acteurs le sont, mon cher !

— Une petite indiscrétion, alors ?

— Bon, d'accord. Disons que j'aimerais interpréter un beau rôle féminin, quelque chose de fort. Un grand film en un mot. Mais c'est difficile à trouver par les temps qui courent. C'est cela, l'inégalité des sexes, mon cher. Toujours au détriment de la femme. Tu devrais le savoir, conclut-elle en jetant un bref coup d'œil en direction de Valérie assise à l'autre bout de la table.

— Tu n'exagères pas un peu avec la carrière qui est la tienne ? Chercherais-tu encore quelques compliments ?

— Non, sûrement pas, ce serait mal me connaître ! J'ai eu des propositions mais je cherche mieux. Dussé-je me lancer dans la production si nécessaire, c'est-à-dire si je trouve un rôle qui me plaise.

— Ah !

— Voilà, tu sais tout. Maintenant pouvons-nous changer de sujet, mon cher Jacques ?

— D'accord, mais avant tu pourrais profiter de la présence de notre ami Bertrand qui s'est spécialisé dans la littérature américaine à la Sorbonne. Il aura sûrement une foule d'idées à te soumettre. Ce garçon est prodigieusement intéressant.

— Tu me flattes, Jacques, glissa le jeune universitaire.

— Pas du tout. Tu es la caution intellectuelle de cette soirée !

La remarque fit sursauter l'écrivain à succès qui fronça les sourcils, atteint dans son amour-propre autant que dans son génie reconnu.

Bertrand reprit :

— Merci, mais je suis gêné. Je ne vais plus oser parler par peur de décevoir tout un chacun.

— Bien au contraire, intervint Anita, nous n'avons qu'à en parler après le dîner. J'ai hâte d'entendre votre opinion sur la littérature américaine.

— Pour être précis, il s'agit surtout de théâtre.

— Voilà qui est de plus en plus passionnant.

— Volontiers, je serai plus prolixe en tête à tête et je pourrai vous parler de tous les beaux rôles féminins de ce théâtre. Il y en a de magnifiques notamment chez Tennessee Williams, merveilleusement interprétés. Mais je pense aussi à d'autres adaptations. Comment oublier l'affrontement mythique entre Elizabeth Taylor et Richard Burton dans le film tiré d'une pièce d'Albee, autre auteur américain célèbre ?

— Marché conclu ! dit Anita.

La conversation générale reprit son cours autour de sujets habituels et convenus qui semblaient inépuisables. Derniers défilés chez les grands couturiers, divorce retentissant d'une rock-star ou succès financiers d'une société industrielle.

Jacques paradait, superbe meneur de jeu. Valérie avait un œil sur tout et sur tous. La soirée se déroulait selon ses vœux et confortait son entrée dans le monde.

Anita sentait que son instinct ne la tromperait pas. Ce jeune homme allait lui apporter une piste de travail. En trempant ses lèvres dans un verre à pied, elle le regardait discrètement. Il ne ressemblait en rien à tous ces individus qui composaient la faune habituelle des soirées de

Jacques. Il était à part et Anita voyait là un signe du destin. Elle n'écoutait plus que d'une oreille très distraite les propos de toute cette assemblée devenue désormais sans grand intérêt.

6.

Anita laissa passer quelques jours avant de se décider. Téléphoner à Bertrand, comme il avait été convenu lors de la soirée chez Jacques, lui importait. Il ne fallait pas trop attendre, même s'il attachait une importance particulière aux conventions sociales.

S'était posé pour elle le choix du lieu où elle le recevrait.

Elle songea d'abord à le recevoir à son domicile puis abandonna rapidement cette idée. Cet appartement du 16e arrondissement, dans ce nouveau décor capable de plaire à Karl-Alexander au début de leur mariage, allait peut-être l'intimider. Il ne s'y serait sûrement pas senti à l'aise mais convoqué.

Se rendre chez lui, le voir dans son cadre, entouré de ses objets, de ses livres ou de ses écrits, ce qui devait le plus compter à ses yeux, serait une solution plus favorable. Découvrir l'appartement d'un jeune et brillant universitaire dont Jacques avait tant vanté les mérites ne pouvait naturellement pas dissimuler une curiosité féminine toute naissante.

Ainsi, la démarche de se rendre chez Bertrand lui parut naturelle, évidente.

Ainsi allait commencer leur première séance de travail.

Anita avait choisi une tenue sobre et élégante. Un tailleur pantalon de chez Saint-Laurent. Elle remarqua que le jeune homme avait fait de même, à la fois chic et décontracté.

Y avait-il réfléchi afin de paraître à son avantage ?

Il lui dit combien il était flatté d'avoir une auditrice si célèbre et que même dans ses rêves les plus fous, etc. De son côté, elle promit d'être une étudiante attentive. Le ton était badin.

Il s'excusa pourtant de la recevoir dans un si modeste cadre de vie et de travail, elle qui devait être habituée à de fastueux endroits. Palaces de bord de mer, demeures de rêves ou appartements de folie semblables à ceux de Jacques. Mais Anita ne portait pas de jugement de valeur, et elle le lui dit le plus franchement du monde. N'avait-elle pas connu la vie de bohème avec Nicolas ?

L'appartement était plutôt étroit, il est vrai. Situé en plein cœur du Quartier latin, à deux pas du jardin du Luxembourg. Encombré de livres, murs tapissés de rayonnages alternativement blancs et noirs et de deux bibliothèques étroites en bois clair, ce décor intime se résumait à cet essentiel littéraire, hormis quelques jolis dessins à la plume et d'une huile représentant un bateau pris dans une tempête dans des tons de bleu outremer.

Il y avait deux petits canapés sombres qui se faisaient face autour d'une table basse à deux niveaux sur laquelle s'empilaient des textes manuscrits, des revues et quelques livres anciens. Bertrand la pria de s'asseoir et chacun prit place dans l'un des deux canapés en vis-à-vis.

Un silence complice s'installa entre eux, ponctué de sourires. Observaient-ils mutuellement la séparation de deux mondes bien distincts ou bien ressentaient-ils des difficultés à justifier leur face-à-face ? Anita se familiarisait avec le lieu et le visage de Bertrand aux traits si réguliers.

Puis elle commença à parler. Elle lui expliqua plus en détail le but de sa visite, de ses recherches. Comment trouver ce rôle qu'elle aurait envie d'interpréter. Où se nichait ce quelque chose de prégnant et de consistant qui la sortirait de tous les derniers personnages qu'elle avait récemment campés dans des réalisations médiocres ? Où était ce plan qui allait relancer sa carrière, ce pari, ce défi qu'elle s'imposait ? Elle lui avoua qu'elle était prête à monter financièrement le projet, il suffisait, pour ce faire, d'être diablement convaincue.

Le jeune homme écoutait sérieux, concentré, ne montrant aucun signe d'étonnement, la regardant avec la limpidité de ses yeux bleu pâle. Il la laissait parler, tout en réfléchissant à la façon de répondre à ses attentes. C'était un projet beaucoup plus ambitieux qu'il ne l'avait envisagé et auquel il n'aurait jamais imaginé participer. Si cela le déroutait quelque peu, cette expérimentation s'avérait aussi une voie nouvelle pleine de promesses.

Quand Anita eut fini de lui exposer les buts de sa visite, il leva à nouveau ses yeux clairs vers elle avec un regard de franche sympathie, de soutien affirmé :

— Je commence à comprendre ce qui vous a poussée à venir ici et je vais essayer de répondre à vos attentes qui, je dois l'avouer, me passionnent déjà. C'est un nouveau champ d'expériences très prometteur pour moi. Mais je n'ai pas l'habitude des milieux du cinéma et de leur façon de procéder, en ce qui concerne l'écriture. Je suis si novice en la matière !

— Oh ! vous savez, c'est hélas très variable. Tout dépend des metteurs en scène ou des scénaristes.

— Oui, je comprends ce que voulez dire, fit-il avec un petit sourire entendu. Pour ma part, je peux seulement vous proposer une démarche universitaire et je ne sais pas si elle pourra vous convenir ?

— Pourquoi pas ? Il faut tout tenter.

— Je craignais simplement de vous ennuyer, ce que je ne voudrais surtout pas faire.

— M'ennuyer ?

— Oui, vous ennuyer avec trop de détails, des digressions ou des anecdotes. C'est souvent le défaut de ceux qui sont passionnés par un sujet, un auteur et son œuvre.

— Je ne crains nullement de m'ennuyer avec vous. Bien au contraire. Je suis sûre de découvrir une foule de choses intéressantes et votre manière d'aborder ce sujet sera la mienne. Découvrir est un plaisir à nul autre pareil.

— C'est joli ce que vous dites là !

— Merci. Mais revenons à nos personnages et à leur auteur.

— Volontiers. Difficile cependant de savoir par où commencer pour présenter un auteur aussi complexe que Tennessee Williams. Vous le présenter de façon attrayante est strictement mon but. Il doit vous séduire et c'est ce que lui aimait faire en tout cas, tout en étant réservé et complexé.

— Voilà déjà un indice ; je comprends ce que vous voulez dire et je vous donne carte blanche pour y parvenir. J'ai conscience de prendre un peu de votre temps, sûrement précieux. Jacques m'a parlé de vous en termes si élogieux.

— C'est un peu excessif de sa part et j'en étais gêné. Il est très bienveillant à mon égard.

— Avec raison, sûrement.

— Je l'espère ! Mais pour en revenir à mon temps « précieux », pas de souci car on a toujours l'envie, le désir de faire partager ce que l'on aime.

— C'est vrai et c'est un beau sentiment.

— Et de le faire partager à quelqu'un comme vous, une interprète célèbre, c'est si nouveau pour moi ! C'est inespéré, pour ne pas dire merveilleux.

— Voilà une belle entrée en matière mais ne prenez pas de gants avec moi. Je suis là pour écouter, apprendre et peut-être trouver ce que je cherche depuis un bon moment. Un grand texte, un beau rôle que je ne connais pas. Quelque chose de bien écrit pour un personnage féminin.

— Il y a tout cela chez Tennessee. Il a su dessiner des portraits émouvants comme dans une de ses pièces qui s'intitule *Portrait d'une Madone*.

— C'est très engageant, je veux en savoir plus.

— Donc, la démarche universitaire consiste à vous présenter et proposer trois étapes majeures. Je vais tenter de vous faire une rapide biographie de l'auteur, d'aborder sa psychologie et tous les liens entre son vécu et ses personnages. Puis je vous montrerai en quoi consiste sa démarche créatrice, surtout si vous souhaitez monter vous-même une de ses œuvres. Enfin nous allons essayer de choisir un des rôles féminins qui pourrait le mieux vous convenir, pour lequel la grande actrice que vous êtes doit ressentir un coup de cœur indiscutable.

— Je trouve votre démarche parfaite et tout à fait logique.

— Je n'en doute pas un seul instant ! Cependant je vais apporter d'ores et déjà un petit bémol qui a son importance.

— Lequel ?

— Beaucoup de ces grands rôles ont souvent été adaptés pour le cinéma et joués par des actrices célèbres, stars hollywoodiennes pour la plupart.

— C'est donc qu'ils en valaient la peine.

— Oui car à l'origine ce sont des pièces de théâtre. Mais vous savez comme moi, mieux que moi, combien ces grandes stars peuvent marquer à tout jamais le personnage qu'elles ont interprété. On peut même parler d'identification pour certains chefs-d'œuvre.

— Ce sera un défi supplémentaire. Faire un remake réussi. Vous avez raison, l'enjeu est de taille, mais au fond pourquoi pas ?

— Pourquoi pas en effet. Mais cela va être un exercice difficile à moins qu'on ne trouve une de ses nombreuses nouvelles à adapter. C'est une autre solution à envisager.

— Évidemment, c'est une autre solution. Je crois que je pencherais plutôt pour un remake. À condition qu'il soit bien adapté et bien dirigé tout en apportant quelque chose de neuf. Le pari reste intéressant.

— Sûrement. Un peu risqué mais intéressant, ajouta Bertrand presque timidement.

Anita sourit, elle ne craignait les fantômes hollywoodiens et les visages mythiques. Elle savait bien qu'une bonne adaptation, celle qui peut faire oublier sans effacer le film culte, ne serait pas chose facile.

Une fois cet obstacle majeur provisoirement levé, Bertrand parla à voix basse. Cette voix avait quelque chose de doux et d'affirmé à la fois. Anita trouva cela de bon augure. Ce ton lui plaisait, elle allait l'écouter avec intérêt, confiante dans ce qui devenait son projet.

Bertrand commença par brosser un tableau de la vie de Tennessee Williams. Selon lui, on ne pouvait séparer la vie et l'œuvre. Le caractère autobiographique restait essentiel, source constante d'inspiration.

D'abord, il dépeignait le cadre de presque tous ses écrits, le Sud, ce Vieux Sud que l'on appelle aussi Sud Profond avec cette société du passé qui n'a pas su s'adapter aux codes du modernisme. Partout présente, cette nostalgie dans les paysages baigne dans l'ambiance lourde des étés tropicaux, en fin d'après-midi, avec cette subtile poussière de coton qui flotte dans l'air ensoleillé. On distingue des champs d'herbages couronnés de cuivre. Des jardins qui ont un côté fantastique, sorte de jungle aux essences exotiques.

Bertrand insista sur les maisons, qui ont souvent quelque chose de mélancolique, un refuge face au monde moderne. Des maisons qui ont une âme, des couleurs fanées, celles d'un passé heureux. Des maisons de style gothique victorien à la Nouvelle-Orléans, des maisons en bois à demi abandonnées où la vie sociale se déroule languissante sous des porches et des vérandas. Voilà tout l'héritage d'un passé de style géorgien avec des frontons à colonnes, anciennes maisons de maître déchues. Tout est émotion et précision. Détresse et solitude également.

Anita comprit alors l'importance du décor, le choix de celui-ci devait être minutieux, il contribuerait grandement à l'atmosphère du film et à sa réussite, si film il y avait, bien entendu !

Le choix de l'endroit et de la demeure seraient primordiaux. Ce seraient des reliefs en sus, une forme de personnage principal du film.

Bertrand ajouta que ce Sud si cher au cœur de l'auteur était peuplé de personnages qui l'avaient fortement inspiré. Son entourage était presque exclusivement féminin. Sa grand-mère, « Grande », sa mère, Miss Edwina et sa sœur Rose dont il se sentait si proche sont des piliers de toute première importance.

Anita tiqua en entendant parler de « mère » mais elle ne laissa rien paraître. Impossible d'évoquer son échange avec Georges devant un Bertrand qui insista sur l'inspiration autobiographique des personnages de Williams. Sa sœur et sa mère vaquaient dans de nombreuses pièces, en particulier dans *La Ménagerie de Verre*, une de ses œuvres majeures.

Anita préféra imaginer que cet univers féminin la rapprocherait de son enfance, de l'atelier de couture où évoluaient sa mère, les clientes et les petites mains. Elle l'écoutait développer les liens affectifs parfois conflictuels de Tennessee Williams avec les femmes de sa vie, et où se mêlaient complicité, protection, incompréhension ou éducation puritaine.

Pourtant, n'y tenant plus, elle l'interrompit et posa cette affirmation qui valait pour précaution.

— Vous savez, et je vais sûrement vous étonner, mais la dernière chose que je désire est de jouer un rôle de mère.

Bertrand s'en étonna, et chercha bien vite à la rassurer. D'autres rôles féminins existaient dans l'œuvre de Tennessee, femmes fragiles ou fortes, anciennes stars et veuves richissimes ou courageuses, toute une diversité de rôles. Elle connaissait sans doute celui de Blanche DuBois dans *Un Tramway nommé Désir.*

— Et son père ? Vous me parlez de ce trio féminin essentiel mais pas de son père. Dois-je conclure qu'il n'en avait pas ?

Bertrand lui répondit qu'il y avait bien un père au milieu de cette famille, mais un père absent, un père de passage qui avait une vie itinérante de voyageur de commerce. Cette seconde coïncidence secoua Anita. Une de celles qu'on trouvait dans le monde antique ou le théâtre grec.

« L'homme est par instinct un amant, un chasseur, un guerrier », fit Bertrand qui cita une des phrases de *La Ménagerie de Verre*. Aussitôt, Anita revit son père superbe et conquérant au volant de sa Packard : c'est une des images fortes qu'elle avait gardées dans ses souvenirs, dans ses rêves d'enfant.

Contrairement au sien, le père de Tennessee était rude, coléreux et buveur.

Bertrand évoqua aussi cette terrible incommunicabilité qui existait entre Big Daddy et son fils préféré Brick, incapables de faire l'aveu de leur affection réciproque, tant emmurés dans cette ultime pudeur masculine.

L'air de rien, tout cela renvoyait Anita à sa propre vie et à ses chimères.

Qui était au fond ce père disparu sur les rivages argentins ? Pourquoi l'avait-il laissée, elle, sa fille unique, elle qu'il aimait gâter et surprendre ?

N'aurait-elle pas dû entreprendre des recherches ? Prendre un détective privé par exemple, et voler là-bas dans cette station balnéaire de Mar del Plata. S'y rendre : peut-être n'était-il pas trop tard ? Sa carrière l'avait absorbée au point de lui faire perdre tous ses repères d'avant. Maintenant, ils remontaient à la surface entretenant la confusion d'idées, de souvenirs, de sensations fortes. Bertrand offrait à sa propre histoire une résonance inattendue, la révélant à elle-même.

Bertrand prépara un thé russe. Quel âge pouvait-il avoir ? La trentaine, à peine plus. Il avait su la passionner avec Tennessee Williams. Cet auteur lui plaisait de plus en plus. Pourquoi ne s'y était-elle pas intéressée plus tôt ?

Elle aimait toutes les facettes complexes et attachantes que Bertrand lui avait fait entrevoir. Le voile qui se levait au fur et à mesure sur de nouveaux aspects de l'écriture de l'écrivain aiguisait son appétence de vivre et ses envies débordantes créatrices augmentaient sa quête future.

Bertrand trouva Anita perdue dans ses pensées. Il déposa un plateau avec deux tasses anciennes. S'attendait-elle à un service design ? Des tasses délicatement ouvragées aux teintes pastel, vert d'eau, mauves ou bleutées, un héritage familial sans doute. Ce garçon était surprenant, décalé, là où on ne l'attendait pas et cela lui plaisait beaucoup.

La conversation resta centrée sur Tennessee. L'heure avait dû filer. Anita chercha des yeux une pendule pour éviter de regarder sa montre. Lui gardait ce calme imperturbable qui lui allait si bien. Aucun signe de lassitude ou d'ennui. Il poursuivit donc :

— Pour terminer notre première conversation autour de Tennessee, je voudrais juste vous donner quelques pistes avant de vous conseiller des lectures qui me semblent essentielles. Cela vous convient-il ?

— Je vous en saurais gré.

Alors le jeune universitaire aborda les grands caractères qui lui semblaient le mieux définir l'œuvre de son auteur préféré. Il commença par le désir physique pas toujours assouvi, et les fantasmes qui l'accompagnaient. Désirs qui entraient en conflit avec son éducation puritaine. Il évoqua toute sa difficulté d'aimer, car pour lui aimer signifiait perdre, s'exposer et s'affaiblir. Cet aspect toucha Anita. Il est vrai que l'amour rend vulnérable. Aimer vous transforme en perdant. Aimer vous désigne affaibli.

L'écriture chez Tennessee était une fuite face au réalisme de la vie, une évasion salutaire face à ce monde sans poésie, banal. Il était sans cesse poussé vers une quête florentine de la beauté et de la compassion à l'image de ses personnages. Bertrand lui cita Vivien Leigh interprétant Blanche DuBois. Elle enjolivait toujours les choses, pour refuser la vérité sordide et condamnait aussi la cruauté des uns envers les autres, un péché suprême. Au travers de ce grand rôle, on retrouvait tous les traits de caractère de l'auteur : la bonté, la générosité, la capacité à rêver ou à embellir. Bertrand précisa à Anita que Luchino Visconti faisait volontairement la confusion entre ce personnage de

Blanche et son créateur. Tennessee n'aimait que cela : des marginaux poétiques, complètement sortis des rails.

L'idée séduisait encore une fois la belle Anita.

« Je suis un bohémien, je suis un fugitif. Il n'y a aucun lieu qui me semble habitable au-delà d'une certaine durée, pas même ma propre peau ». Ces mots de Tennessee définissent bien l'identité d'une actrice. Quitter sa propre peau, être autre et multiple, voilà qui l'obsédait. Anita repensa encore à son père, à cet éternel vagabond, cet errant de luxe, ce papillon imprévisible qui ne se pose qu'un temps.

Bertrand exposa enfin la façon originale d'écrire de Tennessee. Ce perpétuel recommencement, cette insatisfaction teintée d'une profonde humilité qui le poussait sans cesse à réécrire certains passages à peine achevés, jusqu'au dernier moment. Avec lui, rien n'était jamais vraiment clos. Son travail n'était que révisions infinies, reprises, notes abandonnées puis encore et toujours remises à jour.

L'universitaire donna plusieurs livres à Anita. *Doux Oiseau de jeunesse*, *Le printemps romain de Mrs Stone*, *Été et Fumées*.

7.

Le lendemain, Anita se plongea, avec une frénésie nouvelle qui l'étonna assez, dans les livres prêtés par Bertrand. Elle continua les jours suivants avec la même constance et une sorte de précipitation, oubliant l'heure ou annulant certains rendez-vous qui lui paraissaient tout à coup secondaires ou futiles.

Jusque-là, les lectures d'Anita avaient été plutôt désordonnées avec cette priorité donnée aux scenarii qui s'empilaient au pied de son lit ou dans un coin de son boudoir. Elle prenait conscience soudain que le plaisir de la lecture avait finalement peu compté. Bien sûr, elle avait lu quelques romans à la mode dont on parlait en société ou ceux d'auteurs rencontrés lors de cocktails et qui lui avaient envoyé un exemplaire dédicacé.

Mais rien de suivi ou de construit. Et là, tout à coup, s'attaquer à une œuvre signifiait tenter une nouvelle expérience. Ce désir de faire un film, un grand film, la menait sur des chemins un peu inattendus.

Elle savait intimement qu'elle ne lirait plus jamais de la même façon. Jusqu'à présent ses lectures étaient superficielles, dont il émanait une sorte de légèreté, presque d'inadvertance. Maintenant, elle faisait attention aux lieux, à leur description, cherchant à saisir l'atmosphère et à la visualiser comme dans un plan de cinéma. Elle s'attardait sur un détail, une matière, une forme ou une couleur. Elle s'intéressait à la psychologie des personnages qui l'étonnait parfois, elle questionnait leur évolution, appréhendait leurs fêlures. Elle faisait siennes ces subtilités qui permettent de comprendre l'approche d'une œuvre. Être actrice facilitait peut-être les choses.

De temps à autre, elle prenait des notes ou marquait des pages. Elle devenait studieuse, persévérante, gardant à l'esprit le but, qui lui vaudrait l'ultime rebond : bâtir un scénario, réaliser le film qui lui plairait enfin. Elle n'avait jamais participé à quelque écriture que ce soit mais s'était contentée d'apporter des modifications aux textes qu'on lui avait soumis.

Anita se demanda par quoi réellement commencer. Y avait-il une progression à suivre ? Chercher une suite logique dans ces écrits ?

Un peu par hasard, elle choisit au préalable le seul roman de la sélection de Bertrand : *Le Printemps romain de Mrs Stone*. Elle aimait ce titre, joli, poétique. Intuitivement, il suggérait une invitation au rêve.

Elle le lut et le relut, donc. Pour une fois, l'action ne se déroulait pas dans le Sud profond mais à Rome avec ces Américains fort attirés par la *dolce vita*. L'auteur mettait en scène une société de parasites et de gigolos qui tournait autour de ces riches oisifs.

Ce roman avait été porté à l'écran avec Vivien Leigh et Warren Beatty. L'actrice avait également tourné *Un Tramway nommé Désir*. Ces deux rôles tragiques avaient marqué le cinéma. Ils devaient être à l'image de la vie de l'interprète, un peu comme l'est *Sunset Boulevard* pour Gloria Swanson. Vivien Leigh n'avait jamais dû être heureuse. Comment d'ailleurs être heureuse après avoir tourné le film qui avait été un des plus grands succès du cinéma mondial, si ce n'est le plus grand ? Placée si jeune sur un tel piédestal, identifiée à vie à Scarlett. Comment être heureuse, mariée à Laurence Olivier ? À quelqu'un au génie incontestable mais aussi au caractère impérieux, sans concession, dur et perfectionniste ?

Vivre avec cette démesure et cette exigence…

Anita se souvenait de Marilyn tournant en Angleterre *Le Prince et la Danseuse*. Vivien Leigh et Laurence Olivier étaient venus l'accueillir. Tout le monde souriait devant les caméras dans le salon de leur somptueuse demeure de Buckinghamshire. Mais le sourire de Vivien Leigh paraissait surjoué et cachait mal une profonde tristesse. Curieusement, celui de Marilyn, plus éclatant, cachait mieux son mal-être.

Le tournage s'était ensuite mal passé. La mésentente était forte entre Laurence Olivier et Marilyn à propos du jeu des acteurs. Le conte de fées annoncé s'était transformé en cauchemar.

Au fil de sa lecture, Anita pensait au courage qu'il avait fallu à Vivien Leigh pour qui ce rôle remettait tant de choses en question chez une actrice, chez une femme tout simplement.

Certains passages glacèrent même le sang d'Anita. Elle voyait dans ce personnage de Mrs Stone l'orgueil se mêler à une certaine déchéance, proche du désespoir. La fin était cruelle et l'image qu'elle renvoyait, terriblement négative et pleine de désillusions. Elle songea au regard que la presse jetterait sur le choix inapproprié d'un tel remake et les rapprochements inévitables qui ne manqueraient pas d'être faits.

Et les rapports qu'entretenait cette Mrs Stone avec ces gigolos romains étaient complexes à souhait. Le roman abondait en petites phrases assassines, parfois très crues :

« … Paolo et Renato, son beau garçon coiffeur, aperçurent soudain Mrs Stone, qui descendait de sa Cadillac décapotable, si près de la vitre qu'ils pouvaient distinguer avec une netteté absolue le regard inquiet, effrayé, qu'avaient ses yeux mauves chaque fois qu'elle était seule et ne se savait pas observée. »

Plus loin, une tache d'encre sexiste :

« Trois événements essentiels, trois ruptures profondes, avaient marqué, trois années de suite, la vie de Mrs Stone : l'abandon de sa carrière, la mort de son mari, et cette transformation qu'apporte dans la vie des femmes la fin du cycle ovarien. »

Anita referma le livre. La couverture de ce 10/18 montrait une photo du film, et le sourire fragile de Vivien Leigh qui s'accrochait au cou de Warren Beatty.

Elle lut quelques nouvelles. Elle aima bien l'histoire de la veuve Holly qui tenait une pension de famille dans Bourbon Street à La Nouvelle-Orléans. D'autres narrant la vie marginale de Billy et de Cora confrontant leur errance et savourant leur solide amitié, l'émurent. Rien cependant ne la renversa au point d'avoir envie de jouer ou de produire. Dans *Le matelas près du parc à tomates*, elle se serait bien vue en Olga Kedrova qui tient elle aussi une sorte de pension, un hôtel (?) avec des chambres le long d'une galerie. L'action se situe en Californie durant l'été 1943. Beaucoup d'hommes sont en permission et des jeunes couples cherchent parfois désespérément des chambres à louer. C'est une quête inlassable dans Santa Monica, entre désir et déception. Les palmiers de Palissades Park et les uniformes révèlent l'ambiance chaude et trouble de moments éphémères, volés à la guerre. Anita est sensible au décor hollywoodien de villas d'anciennes stars et de ces femmes entretenues. Au centre, il y a celle venue d'Europe centrale, abonnée à un journal communiste britannique dans cette Amérique si libérale. Une femme que Williams appelle « la belle Olga » : bien en chair, elle est soupçonnée d'avoir essayé tous les lits de sa pension ou de son hôtel et de se montrer avec son mari ou compagnon qu'elle rudoie.

On pouvait peut-être adapter cette nouvelle pour le cinéma. Elle était assez riche par sa toile de fond, ses personnages secondaires et cette attachante Olga. Toute cette atmosphère californienne liée au plaisir où la guerre paraît éloignée pour un temps à celui passager d'une rencontre et d'une brève liaison ou de retrouvailles avait de quoi séduire une réalisatrice opiniâtre.

Oui, il y avait là une piste à ne pas négliger. Anita était contente d'elle et entrevoyait même un début de mise en scène. Des scénaristes et Bertrand pourraient faire des miracles et mettre tout cela sur pied.

Une autre nouvelle avait retenu son attention : *La Vigne*. L'histoire d'un duo amoureux dans le milieu du théâtre de New York, Broadway. Un homme se sent abandonné par sa compagne Rachel et mène des recherches désespérées pour la retrouver. Si le personnage principal était masculin, il y avait deux rôles féminins importants dans l'ambiance de Greenwich Village. Là encore, mille questions sur l'âge, les engagements hypothétiques au théâtre, la vie qui passe et ce que l'on fait d'un couple. Tant de choses qui peuvent nourrir un scénario.

Anita gardait toutefois une petite préférence pour le personnage d'Olga.

Il fut un temps où *Le Cinéma de Minuit* reprogrammait toute une série de films tirés de l'œuvre de Tennessee. Voir et revoir ces classiques la taraudait. Beaucoup lui auraient déconseillé ce genre de démarche afin de ne pas être trop influencée par le jeu des acteurs ou bien par la tentation de vouloir au contraire s'en démarquer. Finalement, elle céda et n'eut crainte de se refamiliariser à certains mythes cinématographiques.

Elle vit plusieurs films : *Baby Doll*, *La Chatte sur un toit brûlant*, *La Nuit de l'iguane* qui la plongèrent un peu plus dans l'univers si particulier de Tennessee Williams. Elle y prenait goût et ressentait cette volupté à celle qu'on ressent dans des draps défaits après l'amour. Cette sorte de volupté que l'on y éprouve parfois. Reliée à tous ces hommes qui avaient été en quête d'amour toute leur vie, elle s'imprégna de ces images de lits et de chambres qui s'accumulaient dans son esprit au gré de ses lectures et de ces scènes filmées. Le lit d'enfant de Baby Doll, le lit conjugal, enjeu entre Maggie la Chatte et Brick ou encore le matelas d'Olga Kedrova n'avaient de secrets pour elle. Pas davantage ces chambres de pensions, d'hôtels ou de maisons de ce Sud moite et sublimé. Celle de Blanche DuBois à la Nouvelle-Orléans ou la chambre-sanctuaire de Sébastien Venable. Celle que Mrs Stone hésite à quitter dans son appartement romain.

Tous ces films possédaient un goût de soufre. Le piège ne devait pas se refermer sur Anita et elle le savait. Une fois portée à l'écran, surtout avec des actrices aussi figées dans le marbre et mémorielles que sont Elizabeth Taylor et Ava Gardner, une œuvre serait très difficile à remettre en selle, à réajuster, à faire revivre. Le danger d'un remake était réel.

En revanche, le visionnage précis lui permit d'écarter un certain nombre de rôles. Ceux joués par Anna Magnani dans *La Rose tatouée* ou *L'homme à la peau de serpent* n'étaient pas pour elle. Bertrand lui avait raconté combien Tennessee entretenait des rapports chaleureux avec l'actrice italienne. Il aimait sa franchise, son côté fonceur et anticonformiste. Pour lui, elle appartenait à cette race des « taureaux femelles ». Autant Anita comprenait ce qui rapprochait Sagan de Tennessee, autant elle ne saisissait pas bien la force du lien l'unissant à Magnani, mais sans doute nourrissait-elle un préjugé étrange et inutile vis-à-vis de l'actrice italienne. En fait, elle n'avait jamais réellement aimé son jeu d'actrice, même dans *La Rose tatouée* dont le rôle lui avait pourtant été taillé sur mesure.

Retour à d'autres rôles. Que valaient ceux joués par Elizabeth Taylor ? Ils étaient souvent destinés à des femmes plus jeunes qu'Anita. Comment oublier l'actrice de *La Chatte sur un toit brûlant* ou de *Soudain l'été dernier* ? Il y avait bien celui de Mrs Venable mais c'était encore un rôle de mère.

Elizabeth avait tourné plus tard avec Burton « Boom » tiré de la nouvelle *Le Train de l'aube ne s'arrête plus ici*. Le film avait été un échec. Elizabeth était trop jeune pour le rôle, Burton trop vieux pour le sien même si les personnages avaient été transposés. La même situation se produisit avec *Qui a peur de Virginia Woolf ?* pour lequel Taylor avait reçu un oscar. Et Anita se disait que si le couple Burton-Taylor s'était cassé les dents sur ce scénario sous la direction de Joseph Losey, que deviendrait-elle avec un metteur en scène à la fois inconnu et quelconque ?

Elle admirait follement ce couple de cinéma. Leurs excès, leur générosité, leur passion, leur démesure, ce kaléidoscope d'humeurs fantasques et de couleurs lui plaisait. Il y en avait d'autres, des couples mythiques marqueurs de l'époque bénie du cinéma hollywoodien des années d'après-guerre. C'est à Cocteau que l'on doit l'appellation de « Monstres sacrés ». Comment oublier Rita Hayworth et Orson Welles, Sinatra et Ava Gardner, Vivien Leigh et Laurence Olivier.

Sans s'en rendre compte, Anita revenait spontanément vers Vivien Leigh, sentant que les rôles qu'elle avait interprétés étaient en phase avec ce qu'elle recherchait. Refaire *Le Tramway…* était impossible, mais *Le Printemps romain… ?* Cette histoire d'une ancienne gloire du cinéma qui vit ou survit dans la Ville éternelle, seule, âgée de la cinquantaine, cherchant à combler le vide de sa nouvelle vie par la compagnie décevante de quelques jeunes mâles intéressés lui semblait accessible. Anita se remémorait les corps durs et lisses de ces gueules brunes levées dans les rues du vieux Nice. La démarche était plus approximative mais il y avait là un arrière-goût du *Visage du plaisir*.

Dans la nuit, les phrases du roman revenaient la hanter. Elles lui semblaient terribles, presque insupportables, y compris avec la distance que se doit de prendre une actrice vis-à-vis d'un rôle. Le recul n'est pas toujours aisé, si bien que les mots prennent un autre sens. Des bouts de phrases continuaient de résonner :

« Une certaine grandeur avait, depuis peu, remplacé l'ancienne beauté de Mrs Stone ».

« C'est une femme très orgueilleuse… Elle n'est pas encore habituée à son âge ».

Alors, avec une forme de courage et de prise sur elle-même, elle pensait à Olga, et poursuivit ses dernières lectures.

Il lui restait trois pièces encore à lire. Les deux premières étaient profondément marquées par l'esprit du Sud, partagées entre puritanisme et désir sexuel inassouvi. *Portrait d'une Madone* possédait les thèmes de la folie et l'internement chers à Tennessee que l'on retrouvait à la fois dans ses écrits (le sort de Blanche DuBois) mais aussi dans sa vie personnelle en raison du destin tragique liant sa sœur Rose victime d'une lobotomie, en raison de ses penchants sexuels ou supposés tels. Il y avait aussi *Été et*

Fumées et le rôle d'Alma, jeune femme torturée et soumise à ses parents. Mais Anita ne se sentait pas très proche du personnage qui avait été interprété au théâtre par Geraldine Page.

La dernière lecture la rendit perplexe et troublée. Allait-elle enfin trouver ce rôle idéal chez Tennessee Williams ? Certes, il avait connu la gloire littéraire et cinématographique, mais il était un peu passé de mode, non ? Anita se sentait à la croisée des chemins, elle hésitait sur la direction à prendre. Il lui tardait de revoir Bertrand, de s'ouvrir à lui sur toutes ces interrogations, et de lui parler de ce débat intérieur qui la submergeait, qui la rongeait.

Ce fut *Doux Oiseau de jeunesse.* Une nouvelle et merveilleuse possibilité se dessina. Le rôle d'Alexandra Del Lago, une actrice célèbre, Princesse Kosmonopolis, qui fait son come-back, lui convenait parfaitement. Ce défi à relever la soulevait littéralement de terre.

Ce qu'elle croit, Alexandra Del Lago le croit d'ailleurs elle aussi dans la première partie de la pièce. Lucide et amère : « Une actrice doit savoir quand elle a fait son temps. Et moi, je le sais. C'est fini… Je me retire. Où ? Dans la Lune, dans cette planète morte. »

Et c'est parce que la dernière interprétation est un succès immense, que sa carrière s'en trouve ainsi relancée :

« C'est fantastique ! Mon film a battu tous les records de recettes. Tous les records en première semaine ! À New York et à Los Angeles ! » s'exclama-t-elle.

Anita voyait des signes partout. Elle n'ignorait pas qu'Alexandra Del Lago entretenait une relation ambiguë avec un jeune homme qui, rencontré par hasard, souhaitait l'utiliser pour devenir lui-même une vedette de l'écran. Par bien des aspects, elle s'avérait très différente de Mrs Stone sur des thèmes récurrents : l'âge, les jeunes hommes, les difficultés d'une carrière liée à la beauté. Chez Alexandra, il y avait plus d'égoïsme, plus d'humour et aussi d'excentricité. Et cette volonté de se sortir, à tout prix, d'une situation compliquée, ne la quittait pas.

Geraldine Page avait tenu le rôle à l'écran, Elizabeth Taylor l'avait repris pour la télévision. Pour toutes ces raisons, avec un rôle désacralisé, Anita ne craignait de rempiler une troisième fois. C'était vraiment trop tentant. Le plus délicat serait de trouver le héros masculin qui succéderait à Paul Newman, difficile à faire oublier tant il avait été prodigieux dans ce rôle à contre-emploi, où il avait su donner tant de prescience et d'ambiguïté au personnage.

Newman avait également interprété Brick dans *La Chatte…*, face à Elizabeth Taylor. Anita se souvenait de la beauté et de l'intensité de leurs regards. Celui bleuté, un peu glacé de Paul et celui violet d'Elizabeth. Comme si les braises du Vésuve s'écoulaient sur un lac de Finlande.

Au terme de ses lectures, Anita ressentait une forme de fierté, se sentant forte d'elle-même. Fière d'avoir su rester concentrée sur l'œuvre de Tennessee et de ne pas s'être laissé distraire par quoi que ce fût d'autre. Satisfaite aussi d'avoir trouvé différentes pistes dans quelques-unes de ces nouvelles, dans *Le Printemps romain* ou dans cette dernière pièce, *Doux Oiseau de la jeunesse*, qui arrivait à point nommé.

L'action du *Printemps romain* se passait en Italie. Elle avait envie de privilégier ce lieu plus que les États-Unis. Toutefois, si le film l'exigeait, elle ferait le sacrifice de retrouver Hollywood, les souvenirs de sa jeunesse, et de son mariage avec Franky. On tournerait plutôt dans le Sud ; loin d'Hollywood avec une équipe française. Tout serait différent, c'était ce qu'il fallait se dire et c'est ainsi que les choses devaient s'envisager.

Anita tira de toutes ses lectures une conclusion qui ne fit que renforcer ses convictions.

Elle s'était imprégnée de l'univers de Tennessee Williams. Plus que cela, elle avait privilégié une immersion totale. Elle était entrée dans cette atmosphère intimiste, chaude, douce et violente à la fois, avec tous ces personnages pleins de contradictions, d'ambiguïtés, de fêlures et de désirs plus ou moins assouvis, parce qu'elle s'était rendue disponible.

Elle s'était attachée à l'auteur et à l'homme avec ses doutes et ses incertitudes. À celui qui ne croyait pas en sa force créatrice, à son génie littéraire.

Plus que jamais, elle n'avait toujours aucune envie de jouer les mères, en dépit de beaux rôles dans *La Ménagerie de verre* ou *Soudain l'été dernier*. Des rôles qui d'ailleurs n'étaient pas toujours sympathiques, que ce soit celui d'Amanda ou celui de Mrs Venable. De toute façon, elle n'avait jamais eu la fibre maternelle. Elle n'avait aucun enfant issu de ses mariages ou liaisons. Plus elle avançait dans sa quête, plus elle se rendait compte qu'elle n'y avait jamais pensé. Était-ce l'image de ses parents qui l'avait involontairement influencée ? La priorité absolue accordée à sa carrière d'actrice ? Une absence totale et inexpliquée de désir de maternité ? Anita n'aurait su le dire. Tenait-elle à rester un éternel sex-symbol ? Pour l'être, il faut s'atteler à mourir jeune comme Marilyn, Martine Carol et tant d'autres. Les rôles de stars qui ont brillé au firmament et dont la carrière entame une forme de déclin inéluctable, cela ne serait jamais sa vie. Le *Doux Oiseau de jeunesse* répondait clairement à ses interrogations et confirmait ses attentes.

8.

Quelques semaines plus tard, Anita revint pour le second entretien. Elle s'était familiarisée avec ce petit appartement d'intellectuel, à cent coudées du loft prétentieux et non moins superbe de Jacques et des mises en scène précieuses auxquelles il l'avait habituée.

Ici, elle retrouvait avec bonheur les petites bibliothèques sages en bois clair, les rayonnages qui envahissaient les murs, les dessins à l'encre de Chine et les deux canapés qui se faisaient face. Il lui semblait qu'il y avait là quelque chose à la fois de plus simple et de plus authentique que dans tout ce paraître très parisien. Une vérité l'éclairait à présent, à l'image de ce tournant qu'elle prenait : produire un film.

Bertrand, de son côté, se montrait flatté d'avoir une auditrice célèbre si assidue. Il avait vite compris la ferveur et l'ardeur qu'elle mettait dans son projet de plus en plus défini, dans cette volonté d'aboutir. Rien d'une simple lubie ou d'un caprice passager, non. Il avait su détecter en Anita une certaine profondeur, une détermination sans failles. Et cette volonté de faire un film avec elle lui ouvrait par la même occasion les portes de l'univers cinématographique, rêve qu'il caressait mais dont il n'avait jamais imaginé qu'il deviendrait réalité.

Il allait donc déployer tout son savoir sur l'œuvre de Tennessee, sur la force créatrice qui l'avait animé et sur les personnages qui peuplaient ses écrits.

Le second entretien serait capital. Le coup de fil d'Anita avait été explicite. Il avait senti en elle une volonté, une force certaine. Ses conseils seraient essentiels pour basculer dans cette nouvelle aventure que représentait ce saut dans l'inconnu.

Tout ce qu'elle avait lu l'avait bouleversée, fait réfléchir et désormais des scènes se superposaient les unes aux autres.

Elle savait que c'était là une étape déterminante de sa carrière, quelque chose était en train de se passer. Serait-elle pieds et mains liés à Alexandra Del Lago ? Cette identification la poursuivait et la surprenait.

Après politesses et banalités d'usage, Bertrand laissa Anita révéler toutes les interrogations qui la taraudaient autour des personnages qui avaient cristallisé des idées enthousiastes. Il fallait parler des lieux, des ambiances. Elle était impatiente de retrouver la façon qu'il avait eue d'aborder l'œuvre de Tennessee, si différente de tout ce qu'elle avait pu entendre, voir ou éprouver dans les milieux du cinéma. Cette approche douce mais dense l'avait séduite. Elle savait qu'enfin, grâce à lui, elle trouverait sa place.

— Je suis heureux de vous retrouver, chère Anita, et bien sûr j'ai hâte de savoir ce que vous avez retenu de ces lectures, dit Bertrand en désignant la pile d'ouvrages que lui avait rapportés l'actrice. Avez-vous trouvé des héroïnes féminines dignes de vous séduire ?

— Oui, quelques-unes… mais je dois tout d'abord vous dire tout le plaisir que j'ai eu à lire ces textes et à suivre ce chemin magnifique à travers eux. Vous m'avez fait découvrir une autre façon de travailler, d'aborder un sujet et je crois que rien ne sera jamais plus comme avant.

— Je vous ai simplement guidée vers mon auteur favori, ce fut un grand bonheur pour moi.

— C'est beaucoup plus que cela. J'ai découvert, grâce à vous, un auteur attachant dont vous avez su me parler, me donner le goût. C'est une œuvre riche dont j'aime la fantaisie, l'atmosphère intimiste, les drames, les passions, les regrets… de tous ces personnages si complexes et si humains révélés autant par leurs faiblesses comme par leurs forces.

— Vous me voyez ravi que Williams ne vous ait laissée indifférente.

— Non, évidemment. J'ai fait également très attention au cadre de ces histoires. Le Sud mais aussi d'autres lieux, New York, la Californie et l'Italie qui s'impose souvent, avec Rome qu'il a l'air d'avoir aimée.

— La *dolce vita* était à la mode chez pas mal d'Américains fortunés de cette époque.

— Pour ma part, j'aime beaucoup l'Italie. Et comment ne pas l'aimer d'ailleurs ?

— Exact. Mais l'œuvre de Tennessee a un aspect très américain, même dans sa vision de l'Italie.

— Que voulez-vous dire ?

— Ce qui est très américain, c'est ce combat entre la notion de péché et l'innocence perdue, la pureté. Tout ce qui finit par entraîner une fin tragique et précipitée des personnages. Il retranscrit inéluctablement le côté puritain de sa propre éducation qu'il n'a eu de cesse de transgresser au cours de sa vie, avec plus ou moins de bonheur.

— Oui, je vois.

— Et sinon, qu'avez-vous retenu d'intéressant ?

Anita se lança dans un long monologue, un de ceux que l'on fait parfois au théâtre, pour expurger ce qui vous tenaille, ce qui vous ronge. Elle lui parla d'abord des nouvelles que l'on pouvait adapter peut-être au cinéma, de sa petite préférence pour le personnage d'Olga Kedrova et du cadre californien qu'elle avait bien connu. Puis elle en vint au cas de Mrs Stone, expliquant tout ce qui l'avait troublée dans ce personnage, les résonances et les phrases terribles qui l'avaient parfois hantée, la nuit. Elle lui dit aussi combien elle admirait Vivien Leigh, si fragile, qui avait eu le courage de l'interpréter. Enfin elle aborda le texte du *Doux Oiseau de la jeunesse* et le rôle d'Alexandra Del Lago pour lequel intuitivement, elle ressentait un faible et qui serait vraisemblablement le choix qu'elle ferait. Elle rappela qu'elle savait toute la difficulté et le risque d'un remake, ce qui impliquait évidemment que certains rôles étaient écartés d'office comme Blanche DuBois ou ceux trop jeunes interprétés par Liz Taylor.

La balle était dans le camp de Bertrand. Il était content d'avoir pu susciter une telle émulation.

Il lui dit qu'elle avait choisi des personnages qui avaient des aspects majeurs et révélateurs des préoccupations de l'écrivain, et des environnements qui, s'ils n'étaient pas ceux du Sud profond, avaient le mérite de l'avoir fait rêver. Deux histoires se déroulaient dans des hôtels et lieux de passage chers à Tennessee qui avait tant de mal à se fixer quelque part. Il comprenait aussi que son choix se soit porté sur deux actrices célèbres arrivées au point crucial de leur carrière et de leur vie. Des trois personnages sur lesquels Anita s'était focalisée, toutes les facettes des héroïnes féminines chères à Williams étaient représentées.

Mrs Stone, victime de ses ambiguïtés : une femme au destin tragique auquel elle ne peut échapper. Issue fatale et dramatique pour Blanche DuBois. À l'opposé, le personnage d'Olga Kedrova tout en rondeur et nonchalance qui allie force, fantaisie et optimisme même, un peu à l'image de ces « femmes taureaux ». Et puis, Alexandra Del Lago, personnage charnière dans l'œuvre de Tennessee. Héroïne fragile, dépendante de médicaments, d'alcool et de drogue, à la dérive, une star déchue. Jusqu'au moment où elle se sort de toutes ces impasses, grâce à ce jeune homme rencontré dans une station balnéaire, jusque dans cette chambre de palace où elle a échoué. Anita aime ce sursaut de volonté, cette flamboyance qui dicte à l'héroïne de redevenir ce qu'elle était. Son instinct de survie la sauve.

— Oui, vous l'avez bien décrite telle que je l'ai ressentie moi-même. Ces deux facettes contradictoires et tout aussi complémentaires sont un atout dans le jeu d'une actrice. Je pense que l'on peut en faire une nouvelle et bonne adaptation.

— Sûrement et vous avez raison, il y a là pas mal de choses à dégager. Savez-vous que c'est Françoise Sagan elle-même qui avait adapté la pièce en français ?

— Ah !

— En effet, elle l'avait adaptée pour le théâtre de l'Atelier et la pièce fut créée à Paris sous l'impulsion d'André Barsacq, avec Edwige Feuillère dans l'un des rôles principaux. Tennessee Williams était venu spécialement d'Amérique applaudir les acteurs.

N'en jetez plus ! Anita qui avait toujours eu beaucoup d'estime et de sympathie pour Françoise Sagan qu'elle n'avait rencontrée que trop rarement à son goût et dans des lieux trop animés, se sentit « appelée ». Chez Sagan qui était l'incarnation même de la liberté, elle retrouvait au-delà de l'intérêt pour ses romans la même appétence pour les bords de mer et les virées imprévues.

Elle comprenait parfaitement pourquoi ces deux êtres séparés par l'océan, ces deux créateurs avaient pu s'apprécier. C'est parce qu'aucun d'eux ne jugeait le monde dans lequel ils vivaient et qui n'avait pas toujours été tendre avec eux. Parce qu'ils avaient eu ce même regard indulgent, empreint de bonté sur les autres, sur leurs faiblesses et leurs fragilités. Forts d'une humilité intelligente, ils donnaient le change dans leurs arts. C'est ce que Sagan raconte si bien dans *Avec mon meilleur souvenir* où il est question de Paris et des États-Unis.

Malgré leur immense succès, leur réputation, la vie ne les avait pas épargnés. Ils avaient toujours eu des soucis d'argent, au point de finir ruinés. Leur incorrigible générosité, leur insatiable envie de vivre les avaient brûlés à petit feu.

— J'ai encore une question qui me contrarie, mais j'ai peur de vous lasser.

— Ne le craignez pas et dites-moi ce qui vous hante. Notre conversation a été jusqu'ici si constructive, si riche.

— Et j'en suis la première ravie ! Pour tout vous dire, ce qui me plaisait beaucoup dans *Le Printemps romain de Mrs Stone*, c'était justement que l'action se passe en Italie. Serait-ce si saugrenu de faire une adaptation italienne du *Doux Oiseau de jeunesse* ?

— Effectivement cela apporterait une touche originale et l'œuvre en serait renouvelée. C'est une bonne idée pour un remake, une façon de se démarquer des films précédents.

— Vraiment ? Vous le pensez ?

— Oui, cela mérite réflexion. Il y aurait quelques éléments à modifier mais je pense que ce n'est pas insurmontable et que l'on pourrait faire du bon travail.

— À quels éléments pensez-vous ?

— Par exemple au problème noir qui est évoqué et qui est propre au Sud, à l'allusion à la guerre de Corée dont Chance revient, à cette atmosphère un peu lourde du golfe du Mexique et aux studios de cinéma, bien sûr.

— Cela fait beaucoup et je vous en demande peut-être trop

— Ne le croyez pas. Je pense sincèrement que cela peut renouveler le texte. C'est une piste intéressante et nous devons l'examiner.

— Vous croyez ? Une possibilité ?

— Oui, vraiment. En réfléchissant, on peut aboutir à un résultat intéressant tout en respectant l'œuvre.

— N'y aurait-il trop d'obstacles pour une adaptation réussie ?

— Il faut se poser la question. On pourrait par exemple situer l'action dans l'Italie des années soixante avec un fond politico-mafieux ou alors…

— Ou alors ?

— Dans l'Italie fasciste, ce serait peut-être mieux encore, la période du fascisme des années trente, juste avant la guerre au moment de l'alliance allemande, des premières lois raciales et juste après la guerre d'Éthiopie. Tout cela contribuerait à recréer le climat pesant du Sud. Et puis la question de la pureté et de la virginité perdue sont aussi très crédibles dans ce contexte où la société était très figée et soumise au machisme ambiant.

— Excellent. Sans vous, que deviendrais-je !

— Il nous faut aussi un lieu strict de tournage.

— Au début j'avais pensé à Rome ou à Capri que les Américains et Tennessee lui-même ont aimé. Mais le cadre est peut-être trop lumineux, trop enchanteur. Cela fait trop penser à la *dolce vita* et à *Vacances romaines.*

— Vous avez raison, il faut trouver quelque chose de plus austère, austère n'est peut-être pas le mot exact, disons de plus mélancolique, avec de longues plages et une mer moins bleue que le golfe de Naples.

— La région de Venise ?

— Pourquoi pas ? Oui les lagunes rappellent celles du golfe du Mexique, ce ne serait pas un mauvais choix. Il faudrait faire des repérages et trouver une station balnéaire avec de grands hôtels au bord de la mer Adriatique.

— Tout se construit à merveille. Vous pensez donc que le remake est possible ? Nous abandonnons les autres pistes, celle d'Olga Kedrova ou de Mrs Stone ?

— Oui, je crois que nous avons trouvé le bon sujet, celui qui semble le mieux vous convenir. Sans doute aviez-vous déjà secrètement l'idée en vous ?

— Je le crois. Maintenant il ne reste plus qu'à monter le projet, trouver le financement, c'est-à-dire les producteurs et un bon metteur en scène sans oublier un jeune premier crédible pour le rôle de Chance.

— Je vois que la tâche est immense.

— Immense mais je suis prête à m'y lancer et j'ai déjà quelques idées. J'espère que vous serez des nôtres pour l'adaptation ?

— Avec grand plaisir, si vous me faites confiance.

— Totalement.

— Bien que je sois novice ?

— Nos entretiens m'ont prouvé le contraire.

— Alors nous allons boire une coupe de champagne pour fêter le baptême de notre projet et de notre toute neuve collaboration.

— Bien volontiers. Le champagne s'impose aujourd'hui, oublions le thé et tout ce qui est raisonnable !

Bertrand sourit. Il rapporta des coupes et un seau rempli de glace. Anita se sentait comblée et stimulée par une énergie nouvelle. Consciente aussi de tout ce qu'elle allait devoir affronter sur ces sujets précis. Ce ne serait pas facile, les choses trop simples n'ont d'ailleurs aucun intérêt. Mettre sur pied une équipe de tournage ne pouvait s'improviser. Elle jeta encore un regard sur cet intérieur très spirituel qui avait permis d'enclencher ce projet fou. Rien ne semblait hostile ici. Et que soit louée le bienfait de cette rencontre qui lui avait permis de prendre une des plus grandes décisions de sa carrière. *Banco*, se félicita-t-elle intérieurement.

Anita regardait monter les petites bulles dans sa coupe. Elle levait les yeux vers Bertrand qui souriait. Un visage aquilin aux traits réguliers. Deviendrait-il son amant ? Sortir des sentiers battus avec un passionné qui ne laissait rien paraître ne lui faisait pas peur. Une vision de Paul Newman et d'Elizabeth Taylor dans une scène de *La Chatte sur un toit brûlant* lui revint là subitement. Pourquoi ? Des mimétismes agissaient à son insu, la confondant dans des situations qui surfaient sur l'équivoque. Tout se mélangeait dans son esprit, et ce n'était pas seulement l'effet collatéral du champagne bu. Embrumée, ce désordre nouvellement apparu révélait l'opacité des multiples pistes qui s'ouvraient devant elle et sa troublante attirance pour Bertrand.

Elle parlerait de son projet à Karl-Alexander qui pourrait la conseiller sur le plan financier, qui pourrait même investir dans le futur film. Elle en était sûre, il serait partie prenante et ne pourrait lui refuser ce souhait formulé comme un caprice. Il lui faudrait revoir Georges Nolanges qui serait bien étonné de ces projets, ne l'imaginant pas une seconde dans la peau d'une productrice.

Oui, tout se mélangeait agréablement et c'était et confus et ordonné.

D'ailleurs, Anita et Alexandra : deux prénoms qui commençaient par la même lettre… N'était-ce pas un signe de plus ?

Un voyage en Italie s'imposait, où elle reprendrait contact avec des gens de Cinecittà et quelques sociétés de production célèbres.

Anita se sentait gaie. Démonstrative. Enthousiaste.

Ce bouillonnement euphorique qui survient après une longue période de marasme, d'incertitude et d'entre-deux où l'on est comme une bête aveugle cherchant désespérément une échappatoire, une issue, la remettait totalement en selle. Rien ne pouvait en cet instant gâcher sa joie. Elle devenait une « femme-taureau » à l'instar des héroïnes de Tennessee Williams.

9.

Georges Nolanges n'avait finalement pas revu Anita depuis des mois. Il fut presque surpris qu'elle lui demandât un entretien. Habituellement, c'est elle qui était sollicitée.

Malgré l'échec de sa dernière proposition, ils s'étaient quittés bons amis, l'amertume et l'impression de rendez-vous manqué s'étaient rapidement estompés dans les brumes de la nuit. Georges voulait se montrer beau joueur, il avait envoyé la Daimler avec chauffeur. Sacrifier aux rites, ne rien changer et faire comme si.

Le coup de téléphone d'Anita avait été bref : une sorte d'urgence impérieuse :

— Georges, j'ai besoin de te voir, j'ai plein de nouvelles à t'annoncer.

— Bonnes ?

— Plus que cela, étonnantes !

— Que veux-tu dire ?

— Tu verras. Puis-je passer te voir ?

— Quand tu veux.

— Dans la semaine ?

— Même demain si tu es libre.

— Je le suis, alors à demain.

— Quinze heures ?

— D'accord pour quinze heures.

— Je t'envoie la voiture.

— Parfait, tu me ravis.

Anita connaissait Georges depuis si longtemps, c'était le producteur français qu'elle connaissait le mieux. Comme avec Jacques du Bretton, ils avaient été amants, et avaient conservé un souvenir ému de cette tendre parenthèse. Anita sortait à cette époque du divorce d'avec son mari américain et du semi-échec de sa carrière à Hollywood. Juste débarquée en France, Georges l'avait stimulée pour qu'elle retrouve une place digne dans ce cinéma français réputé volage, mouvant, volatile, misogyne. Les choses s'étaient consolidées le plus naturellement du monde : un mélange harmonieux d'intérêts communs, d'attirance, de reconnaissance avait scellé entre eux une forme d'amitié amoureuse parfaite. Cette liaison étalée sur plusieurs mois avait résisté à tous les pièges dans lesquels tombent les personnalités des milieux emblématiques. En dépit des séparations fréquentes, les liens étaient restés étroits et féconds. Elle ne lui parlerait cependant pas de son courrier si personnel reçu avant son départ de la côte d'Azur.

Anita s'était vêtue d'un tailleur de créateur bleu nuit et d'un chemisier framboise quelque peu échancré. Le bureau de Georges était un lieu recherché qui suscitait la convoitise, tous n'y entraient pas.

Dès qu'elle arriva, la secrétaire admirative de sa carrière la précéda avant de la faire entrer. L'air de rien, la partie promettait d'être serrée malgré les liens qui l'unissaient à Nolanges. Georges se leva, ils s'embrassèrent chaleureusement. Le plaisir de se revoir était partagé, même si la scène semblait avoir été déjà jouée mille fois.

— Bonjour, ma chérie,

— Oui, bonjour mon cher Georges, merci de m'accueillir si vite.

— Je suis tellement ravi de te voir que j'aurais tout annulé pour ce moment.

— C'est aimable.

— C'est sincère. Depuis combien de temps ne nous sommes-nous pas vus ?

— Trop longtemps.

— Exact et nous allons rattraper le temps perdu.

— Oui, sourit Anita d'un air coquin.

— Ah bon ! En tout cas, tu es superbe, quand tu es entrée, j'ai pensé à Garbo au temps de sa splendeur.

— Tu m'amuses.

— Tu as la même présence et cette coupe épurée te va bien.

— La maison Dior ne m'a jamais déçue.

— Tu as passé du temps à Nice ?

— Tu es bien informé. Oui, j'avais besoin de prendre du recul, de faire le point sur ce que je voulais jouer à présent.

— J'imagine que c'est à propos de ce rôle que je t'avais proposé et dont tu n'as pas voulu. Peut-être as-tu eu tort…

— N'en parlons plus, c'est du passé.

— Alors que me vaut l'honneur de la visite ?

— J'ai un projet titanesque à te proposer.

— Un grand projet ?

— Oui et cela va t'étonner. J'ai décidé de produire le prochain film dans lequel je vais jouer.

— Quel courage !

— Le courage seul ne suffit pas et j'ai besoin de toi, mon cher Georges.

— Ah bon…

— Ne prends pas cet air découragé comme si je te parlais d'une catastrophe imminente.

— Pardonne-moi, je ne m'attendais pas à cette révélation.

— J'avais anticipé ton étonnement ! Tu es donc si surpris ?

— J'ai du mal à cacher mes sentiments. J'étais à mille lieues d'imaginer que tu voudrais te lancer dans la production d'un film avec toutes les contraintes que ça implique, surtout à notre époque.

— Eh bien, voilà c'est fait ! J'ai franchi le pas.

— Quand tu dis, c'est fait, qu'entends-tu ?

— Disons que c'est en partie fait.

— Je vois. Et que veux-tu produire et jouer ?

— Tu vas me prendre pour une folle !

— Je ne le pense pas.

— Crois-tu ?

— Non. Dis-moi.

— Je veux faire adapter une pièce de Tennessee Williams dont j'ai relu une partie de l'œuvre grâce à une nouvelle relation entamée avec un jeune universitaire.

— C'est quelle pièce ?

— Le *Doux Oiseau de jeunesse.*

— Mais ça a déjà été fait.

— Je sais.

— Avec…

— Paul Newman et Geraldine Page qui avaient joué la pièce à New York juste avant. Et Liz Taylor l'a reprise pour la télévision. Tu vois, je suis au courant.

— Et…

— Et tu vas me dire que c'est casse-gueule et que je prends un très gros risque.

— Au moins, tu es lucide. Un bon point pour toi, ma chérie.

— Merci.

— Personne n'a jamais osé prendre un tel risque, tu t'en doutes ?

— Cela ne me déplaît pas. Et puis je n'ai plus grand chose à perdre ni à prouver.

— Pourquoi dis-tu ça ?

— Tu le sais très bien, il suffit de voir les derniers films que j'ai tournés.

— Je ne les ai pas tous vus.

— Tu en as vu un certain nombre. Et tu as eu raison la fois dernière. Tu me conseillais autre chose, comprenant combien j'avais fait des mauvais choix pour des films médiocres, et de plus en plus médiocres même.

— Tu n'exagères pas un peu ?

— Non. Tu en avais conscience. Et moi, j'étais aveuglée, ne sachant plus vers quoi me tourner.

— Admettons. Mais sais-tu ce que produire un film veut dire ?

— Bien sûr que je le sais. J'imagine que ce n'est pas chose aisée.

— De nos jours, c'est très ardu. Dois-je t'énumérer tous les obstacles qu'il faut surmonter, prévus ou imprévus le plus souvent ? Le financement, le casting, les contrats de travail, la durée du tournage…

— Mais je t'apporte déjà des partenaires !

— Parce que tu comptes sur moi pour que je sois partie prenante ?

— J'y compte bien ! C'est la condition que les Italiens ont posée sur la table pour assurer leur propre participation ! Dans le cas contraire, je serais déçue.

— Tu me fais un chantage affectif en somme ?

— Tous les moyens sont bons, mon cher. Tu viens de me dire que le chemin était pavé de difficultés.

— Bon, je vois que tu as déjà compris l'essentiel.

— J'apprends vite, et puis je possède quelques notions de ce métier depuis que je l'exerce.

— Et qui as-tu trouvé pour financer tout ça ?

— Les frères Monteverdi à Rome.

— Pas mal. Et ce sont eux qui conditionnent leur participation ?

— Exact. Mais attends, ce n'est pas tout.

— Alors qui d'autre ?

— Un consortium germano-suisse monté par Karl-Alexander.

— Bien.

— Et puis moi-même.

— Comment ça ?

— Je vais investir des fonds. J'ai vendu pas mal de choses que j'avais et…

— Cette femme est folle !

— Non, déterminée.

— Je constate que tu as bien préparé le terrain.

— J'ai fait de mon mieux.

— Et qu'attends-tu de moi ?

— Ton accord sur une future participation.

— Comment te le refuser dans ces conditions ?

— Je savais que je pouvais compter sur toi.

— Enfin, il faudra quand même voir tout cela dans les menus détails.

— Bien sûr, mais puis-je déjà dire aux frères Monteverdi que tu as émis un avis favorable ?

— Tu peux, avec les réserves d'usage.

— Évidemment.

— Je ne sais pas combien je pourrai investir dans ce projet titanesque.

— Fais au mieux, l'essentiel pour moi est ta caution.

— On dirait que le tournage est déjà prêt à démarrer ?

— Non, pas encore, il faut faire des repérages en Italie.

— En Italie ? Mais la pièce n'est-elle pas censée se passer aux États-Unis ?

— Oui, mais c'est là qu'est toute l'originalité du projet ! On va l'adapter à l'Italie des années trente.

— C'est audacieux, l'idée me plaît.

— Elle n'est pas entièrement de moi, c'est le jeune universitaire avec qui j'ai travaillé qui me l'a soufflée en grande partie.

— Je vois que la tournure a pris un tour très élaboré.

— Oui, on prépare l'adaptation et je compte partir pour Venise prochainement.

— Tout cela m'a l'air intéressant et novateur. Tu vas définitivement me convaincre.

— Tant mieux ! Je tiens à ce que le film se fasse !

— Ça, j'avais compris ! Et pour la mise en scène ? Tu as pensé à quelqu'un ?

— Je n'y ai pas encore réfléchi, j'ai quelques vagues idées mais je ne sais pas qui pourrait transcender un tel projet à l'écran.

— Je pense que le choix du metteur en scène sera capital.

— Tu as raison, une œuvre littéraire mérite ce qu'il y a de mieux. Tu as sûrement un nom à me proposer.

— Oui, j'en vois un et je pensais à lui quand tu me parlais de l'adaptation de cette pièce en un nouveau scénario.

— À qui songes-tu ?

— À Marc Jaucourt.

— Effectivement, il a une excellente réputation.

— C'est un des meilleurs ! Tu le connais certainement. Qui ne le connaît pas dans notre métier, à Paris ?

— Je l'ai rencontré quelques fois mais je n'ai jamais travaillé avec lui. Marc serait parfait. Il a fait des mises en scène de théâtre et de cinéma. C'est ce qu'il te faut.

— Oui. C'est l'homme de la situation.

— Reste à le convaincre car il est très sélectif. Il ne devrait pas être insensible à ton projet un peu fou. Écoute, je me charge de servir d'intermédiaire.

— Tu as carte blanche.

— Si j'ai son accord, ce sera un gage de qualité pour le film et beaucoup d'obstacles seront levés.

— Toi aussi, tu es un grand professionnel, je suis heureuse d'être ton amie.

— Merci ma chérie.

— Chacun son tour.

— Si tu en es d'accord, je vais donc contacter Marc en ton nom ?

— Je valide.

— Je suis heureux que tu approuves mon choix.

— Comment pourrait-il en être autrement ?

— Tu vois, les choses se précisent.

— Je sens que mon départ pour l'Italie est imminent.

— Attends que Marc soit OK.

— Attendre n'a pas toujours été mon fort mais nécessité fait force de loi.

— Tu vas apprendre la patience et la diplomatie comme tout bon producteur.

— Productrice, mon cher.

— Productrice, il y en a si peu qu'il faut le souligner.

— Alors j'attends la double réponse.

— Double réponse ?

— La tienne et celle de Marc.

— La mienne t'est quasi acquise et je peux être un homme persuasif.

— Et un ami fidèle.

Ils s'embrassèrent tendrement. La Daimler raccompagna Anita chez elle. Elle se sentait galvanisée par le vent de l'action. Paris lui semblait de nouveau merveilleux, plein de ressources. Il faut dire que le bureau de Georges avec ses boiseries foncées et ses fauteuils blancs était si chaleureux qu'il invitait à la confidence. Anita traversa un certain nombre de rues de la capitale, une certaine agitation régnait en ce soir de décembre. Elle partirait bientôt en Italie où elle rencontrerait d'autres séducteurs. La vie prenait un tour très favorable et elle souriait émoustillée au chauffeur qui la regardait dans son rétroviseur avec un air heureux.

10.

Marc Jaucourt était un homme racé dépourvu d'ostentation. Il possédait cette élégance sportive et distinguée qu'on qualifiait de naturelle. Il portait une cinquantaine sereine, son visage de beau brun évoquait celui d'une médaille romaine. Il entretenait une chevelure poivre et sel qui en rajoutait à son allure fringante. Toujours vêtu de costumes sombres, bien coupés et égayés de chemises aux tons pastel, ou rose délavé pour souligner le teint de sa carnation, il ne laissait indifférent ni les hommes ni les femmes. On ne lui connaissait cependant pas de conquête notoire.

Il était arrivé à l'heure au bureau de Georges Nolanges. Ce dernier avait demandé que l'on ne le fasse pas attendre. Marc resta debout et par une haute fenêtre distingua au lointain l'avenue de l'Opéra et la coupole du Palais Garnier. Les secrétaires eurent le plus grand mal à rester concentrées sur leur labeur, hypnotisées par le charisme du bellâtre.

Puis Georges apparut avec un large sourire et fit entrer le metteur en scène.

— Bonjour Marc, content de te voir.

— Mon cher Georges…

— Comment vas-tu ?

— Pas trop mal.

— Tant mieux.

— Et toi ?

— Bof. Les temps deviennent durs, les réalisations s'amenuisent, l'argent manque et je crois que nous avons tous mangé notre pain blanc cette année.

— Tu l'as dit. Difficile de trouver de bons projets actuellement.

— Exact. Où en es-tu pour le théâtre ?

— Rien de précis à l'horizon malgré quelques envies.

— Et pour le cinéma ?

— J'en fais moins. Je crois qu'on me trouve désormais trop classique, trop exigeant et donc chiant. Le travail bien fini n'est plus à la mode. Il n'y a qu'à voir comment sont filmés certains acteurs, c'est consternant.

— Tu as raison. Mais sache que j'ai un projet pour toi, quelque chose de différent, et disons-le, de très ambitieux.

— Je me disais bien que cette entrevue n'avait rien d'un rendez-vous banal

— Un programme titanesque se prépare et est même déjà bien avancé. Je vais sans doute y participer, même si c'est toi qui prends les choses en main pour la mise en scène.

— Un programme de titan ? Et tu fais appel à moi ?

— Eh oui ! mon vieux. Un projet inattendu.

— J'en ai l'eau à la bouche.

— Tu peux !

— Alors accouche !

— Anita Deweers est venue tout récemment me rencontrer.

— Anita Deweers ?

— En personne. Elle veut tourner et même produire un film dont je serai partie prenante avec des Italiens et un consortium germano-suisse.

— Qu'est-ce qui lui prend ? Elle ne sait pas dans quelles emmerdes elle s'engage ? Elle est quand même bien placée pour…

— C'est ce que je lui ai dit.

— Alors ?

— Alors, elle est très déterminée.

— On ne lui propose plus de rôles intéressants ?

— Il y a de ça, mais attends la suite…

— Je suis tout ouïe. Je brûle d'impatience.

Ils rirent, détendus comme deux vieux complices. Georges reprit :

— Anita est tombée amoureuse des textes de Tennessee Williams et du jeune universitaire qui les lui a proposés, ce qui fait d'une pierre deux coups.

— Ne me dis pas qu'elle veut se lancer dans Tennessee ?

— C'est pourtant la réalité. Ils ont déjà fait leur choix après avoir étudié plusieurs possibilités et même anticipé le lieu de tournage.

— Tennessee est un très grand auteur sans nul doute et le choix est de qualité.

— Bien sûr.

— Et quel texte ont-ils choisi d'adapter ?

— Le *Doux Oiseau de la jeunesse*. Anita a été séduite par le rôle d'Alexandra Del Lago.

— Tu veux dire qu'ils vont faire un remake ? Elle ne peut ignorer que ça a déjà été porté à l'écran avec Newman et Geraldine Page.

— Elle sait tout cela et même que Liz Taylor l'avait repris pour la télévision.

— Je vois.

— Ils vont faire une nouvelle adaptation qui est peut-être en cours, et la tourner en Italie dans le cadre des années trente et du fascisme.

— Un peu périlleux, non ?

— C'est ce que je lui ai dit dans un premier temps.

— Logique. Et dans un deuxième temps ?

— Que c'était un projet idéaliste et quelque peu utopique.

— Peut-être. Mais reconnaissons que l'idée est originale, déroutante.

— En effet, et Anita m'a finalement convaincu.

— Ah oui ?

— Son désir, sa conviction de réussir, de tenir un bon sujet m'ont finalement bluffé.

— Rien que ça !

— Elle est extrêmement volontaire, têtue et entière.

— C'est un de ses traits de caractère.

— C'est une femme attachante. Je serais plus indulgent que toi.

— Tu la connais sans doute mieux que moi.

— Plutôt bien.

— Tu as eu une liaison avec elle ?

— J'en ai eu une, il est vrai, il y a quelques années. Je peux te dire qu'elle a aussi d'immenses qualités. La persévérance et la loyauté en sont des exemples.

— Vu sous cet angle, je te comprends.

— Mais passons sur ces considérations personnelles.

— Elles ne sont pas sans intérêt dans notre métier.

— Sûrement, ça reste important.

— Tu disais que le projet ne te laisse pas indifférent ?

— Oui, il y a de la poigne là-dedans.

— Donc c'est un défi à relever.

— Exact. Et un texte intéressant, non ?

— Pour moi qui ai fait pas de mal de théâtre, certainement, je ne puis le nier.

— Tu pourrais te laisser tenter ?

— J'avoue qu'au premier abord j'allais te dire non mais en y réfléchissant bien, nombre d'éléments font pencher la balance dans le sens contraire.

— Lesquels ?

— Tourner d'abord avec Anita, ce serait une première. Ensuite, l'idée de cette adaptation d'une pièce américaine dans un contexte européen différent, lourd de sens. Enfin, relever le défi de faire un remake avec ce petit côté sulfureux qui n'est pas désagréable.

— Tu m'en vois ravi !

— Et à la condition que tu sois partie prenante, bien entendu.

— Justement, j'attendais ton accord de principe pour me lancer franchement.

— Et Anita ? Elle n'aura pas son mot à dire si elle investit du fric dans l'affaire ?

— Rassure-toi, je lui ai déjà parlé de toi et j'ai su la convaincre. Elle est séduite à l'idée de ta participation et sait très bien que tu es un des meilleurs metteurs en scène du moment. Celui capable de porter avec nous un tel défi.

— Merci ! Tu sembles si sûr de toi.

— Je le suis. Je sais qu'avec vous deux le film se fera et que tu seras un atout majeur dans notre plan.

— Tout ça me réconforte. Démarrer avec une équipe solide, volontaire, qu'espérer de mieux ?

— Heureux de te l'entendre dire. Donc je peux compter sur toi et en parler à Anita ?

— Oui mais je vais y mettre une dernière condition.

— Une condition ?

— Et peut-être Anita et toi-même ne serez plus d'accord.

— Dis-moi.

— Disons que pour que je dirige le film, il y a un préalable.

— Je t'écoute.

— Tu sais que j'ai fait mes deux derniers films « confidentiels » avec Jérôme Vancenis…

— C'est un jeune acteur prometteur.

— Je pense même qu'il peut devenir le meilleur de sa génération.

— Possible.

— Et c'est surtout un acteur avec qui j'aime travailler. Nous sommes vraiment en symbiose.

— Ce doit être assez rare.

— Très rare, oui.

— Et donc ?

— Je pense qu'il serait parfait dans le rôle de Chance, celui que tenait Paul Newman.

— Rien que ça ! C'est quand même le premier rôle masculin.

— Je sais et c'est beaucoup demander.

— Oui, le metteur en scène et le jeune premier d'un coup. J'espère qu'Anita appréciera.

— Écoute, c'est à prendre ou à laisser. Je pense que Jérôme est tout à fait capable de bien faire, sa jeune carrière le prouve assez.

— J'en suis persuadé, je vais tout faire pour convaincre Anita et ses partenaires. C'est un acteur qui a fait ses preuves, et il a un beau physique, ce qui n'est pas à négliger pour le rôle.

— Je peux donc compter sur toi ?

— Tu peux.

— Tiens-moi au courant.

— Je pense que les choses vont se décider très vite et je vois déjà l'affiche du film avec les deux noms : Anita Deweers et Jérôme Vancenis. Qui pourra résister ?

— Voilà bien un réflexe de producteur !

— Mais mon vieux, je ne veux pas bouder mon plaisir. Et puis…

— Et puis ?

— Et puis Anita est une grande séductrice qui sera enchantée de travailler avec deux hommes aussi charmants que vous.

— N'est-ce pas notre métier que de miser sur la séduction entre acteurs, metteurs en scène et producteurs ?

— Quoi de plus essentiel que ce jeu de la séduction ?

— Rien !

— Si ce n'est relever un défi.

— C'est un risque à courir.

— Alors nous sommes partants ?

— Nous le sommes.

— Mais parle-moi du montage financier, il est solide ?

— Tout à fait et c'est là qu'Anita m'a bluffé. Pour quelqu'un qui ne s'est jamais occupé de production, elle a fait fort.

— Si fort que ça ?

— Une société de production va être montée avec les frères Monteverdi, un groupe germano-suisse piloté par son mari, Anita et moi.

— Pas mal du tout, il y a du beau monde effectivement.

— Tu peux le dire !

— Anita est plus culottée que je ne le pensais.

— Elle a de la suite dans les idées et sait être pragmatique.

— En tout cas, chapeau à elle.

— Alors ?

— Je m'embarque avec vous, une fois la question de Jérôme résolue.

— J'en fais mon affaire. Vogue le navire.

— En espérant que ce ne soit pas une galère !

— *Fluctuat nec mergitur.*

— On peut le souhaiter.

— Je téléphone à Anita et je te tiens au courant.

— Entendu.

— Alors ciao, ciao !

— À très bientôt cher associé.

Marc Jaucourt quitta les bureaux Nolanges devant des secrétaires toujours aussi béates.

11.

L'avion décolla vers Venise. Anita supportait de moins en moins ces cabines étroites, longues, sinistres. Son humeur bougonne détonnait de la part de quelqu'un habitué à l'atmosphère artificielle des studios. Et ce confinement allait-il la rendre définitivement claustrophobe ?

Rose était assise à côté d'elle, perdue dans les photos d'un magazine. Derrière elle, il y avait des techniciens qui devaient l'aider dans le choix des lieux de tournage et un chef décorateur. Les lieux étaient si importants dans l'œuvre de Tennessee que les repérages étaient essentiels.

Anita ne s'était jamais préoccupée de tout ce qui pouvait entourer la préparation d'un film. D'habitude, elle lisait le scénario, se renseignait sur le metteur en scène et ses principaux partenaires si, par hasard, elle n'avait jamais tourné avec eux.

Désormais, elle allait veiller au bon déroulement de toutes les étapes qu'il faudrait envisager sous l'angle le plus sérieux possible. Bien entendu, elle connaissait bien cette caste formée par les imprésarios, les metteurs en scène et les producteurs. La presse soulignait régulièrement qu'elle était une grande professionnelle. Pour le reste, elle se sentait bien totalement néophyte.

C'est ainsi que chaque jour, elle découvrait de nouveaux aspects qui lui avaient échappé. D'où la nécessité de bien savoir s'entourer pour anticiper. Georges l'avait mise en garde sur la quantité d'imprévus à affronter. La première étape avait été le montage financier de la société de production dont elle avait été l'habile artisan, se plaisait-elle à penser. Celle-ci fut baptisée « Les films du Colisée » (Paris-Rome-Zurich). Les parts avaient été réparties entre les frères Monteverdi, Georges, Karl-Alexander et elle (la plus petite part malgré d'immenses sacrifices !).

Anita ferma les yeux pour oublier l'intérieur de cet avion. Ne penser qu'au but de ce premier voyage. Bientôt, on serait à Venise et sur les rivages de l'Adriatique. Le film allait se tourner en Italie : un bon compromis entre *Le Printemps romain de Mrs Stone* et le *Doux Oiseau de la jeunesse*. Adapter la pièce à ce nouveau contexte en respectant le texte et l'écriture de l'auteur, Bertrand y tenait beaucoup. C'était une obligation morale. Il avait travaillé dur sur cette adaptation avec un très bon dialoguiste, un des rares qu'Anita estimait car il avait conservé ce classicisme qui fait défaut à beaucoup d'autres. Il avait traduit et adapté plusieurs pièces étrangères, anglo-saxonnes notamment pour des théâtres parisiens.

Bertrand s'accommodait de cette situation, le binôme fonctionnait convenablement. À la suite d'Anita qui avait suggéré l'idée de ce tournage en Italie, Bertrand avait échafaudé toute l'intendance. Il lui avait, au passage, fort judicieusement rappelé les séjours italiens de Tennessee à Rome ou Capri.

Le charme et le style racé des jeunes Italiens devaient habiter le futur acteur qui tiendrait le rôle de Chance. Pour son propre rôle, le nom du personnage Alexandra Del Lago semblait prédestiné. Cela faisait incontestablement penser à cette merveilleuse région du nord de l'Italie peuplée de somptueuses demeures et de jardins luxuriants. Elle y avait séjourné avec Karl-Alexander au début de leur mariage. Ses parents portaient un titre de noblesse, ils étaient à la tête d'une banque d'affaires.

On avait un temps hésité : l'idée du scénariste qui travaillait avec Bertrand avait suggéré de faire d'Alexandra une cantatrice célèbre. L'Italie n'était-elle pas le berceau de l'opéra ? Puis on y avait vite renoncé car Anita ne se voyait pas en doublure de la Callas. Il faut dire aussi que le titre de princesse Kosmonopolis pouvait entretenir un doute avec l'idylle entre la Callas et un très célèbre armateur grec. On préféra s'en tenir au personnage de la pièce, ancienne gloire du cinéma cherchant à faire son comeback. Anita la productrice avait exercé toute son influence pour que cette idée fût rapidement balayée d'un revers de la main.

Le choix de la période avait donné lieu à de vastes hésitations. Années soixante ou années trente ?

Là encore, Bertrand et Anita s'étaient montrés très favorables à la seconde solution. Les années trente, c'était plus tentant. L'idée offrait plus de reliefs, de décodages politiques, de création. L'atmosphère étouffante du fascisme, les traditions latines s'acclimataient mieux à l'autorité naturelle des pères sur leurs filles, à la vertu préservée jusqu'au mariage, ainsi qu'à ce monde de gigolos des grands hôtels liés aux riches clientes de passage.

Il y avait encore tant d'aspects à régler. Le casting n'était pas complet. Pour la mise en scène, Anita avait fait confiance à Georges qui l'avait convaincue d'embaucher Marc Jaucourt.

À son tour, il avait imposé le jeune premier, Jérôme Vancenis, et les films qu'avait visionnés Anita l'avaient persuadée de l'excellence du choix. Elle savait que tout devait se négocier, qu'il ne fallait pas se buter sur des *a priori*. Il allait maintenant falloir composer avec les partenaires italiens qui sûrement avaient eux aussi quelques idées sur le casting, sur le tournage.

Elle qui était habituée à laisser carte blanche à son imprésario, aux metteurs en scène ou aux producteurs allait supporter des responsabilités nouvelles. C'était très grisant.

On allait bientôt atterrir à Venise. Elle passerait deux nuits au *Danieli* et rejoindrait l'équipe de repérage qui allait partir directement pour Rimini. C'est après avoir vu une série de clichés pris par un grand photographe autrichien que les organisateurs étaient tombés d'accord sur ce lieu qui semblait idéal pour le tournage : des plages à perte de vue, des grands hôtels, des couleurs douces-amères et une arrière-saison propice à refléter une certaine nostalgie. Les paroles d'une chanson couraient dans sa tête, *La Plage* (version française de *La Playa*), chantées par Marie Laforêt :

« C'est bien dommage mais les amours de l'été bien trop souvent craignent les vents en liberté. Mon cœur cherchant sa liberté vient faire naufrage sur la plage désertée ». Il y avait là un peu de cette atmosphère chère à Tennessee, allant de l'abandon au renoncement.

L'arrivée à l'aéroport Marco Polo fut mémorable. Anita allait être prise en photo sur la passerelle. Elle possédait ce sourire conquérant et ravageur à la Lana Turner, un genre américain qu'aucun spécialiste ne pouvait désavouer.

À Hollywood, on savait sourire et se montrer à son avantage. C'est le souvenir qu'elle gardait de certains temps de pose. Aussi se prépara-t-elle avec soin et avec l'aide précieuse de Rose pour l'entrée en scène sur la passerelle.

Quand la porte de l'avion s'ouvrit, la presse présente bombarda Anita, qui avait particulièrement soigné sa tenue. Elle portait une magnifique robe près du corps d'un blanc moiré avec une étole fuchsia et des lunettes noires pailletées. La parfaite panoplie starlette *dolce vita*.

Une nuée de photographes et autres paparazzi la scrutaient. Ils devaient être là depuis un grand moment car son apparition provoqua un cri libérateur.

Elle resta un moment en haut de la passerelle puis descendit quelques marches avec un air triomphant. Les appareils continuaient de crépiter. Elle fut accueillie par le directeur de l'aéroport et les producteurs italiens. Nouvelles photos. Puis on la photographia entourée de l'équipage.

On la conduisit ensuite dans le salon d'honneur de l'aéroport, décoré par d'immenses lustres multicolores en Murano. C'était Venise.

À peine entrée, elle fut de nouveau longuement applaudie par la foule des journalistes et des correspondants de presse. La plupart étaient debout. *Standing ovation*. Il y avait là des représentants de grands quotidiens italiens aussi célèbres que *La Stampa* ou *Il Corriere della Sera*, des hebdomadaires français type *Match* et même des revues spécialisées comme *Les Cahiers du cinéma*.

Ce fut dans cette atmosphère électrique que la conférence de presse débuta. Un des membres des studios de Cinecittà jouait les maîtres de cérémonie. Elle le connaissait et l'avait déjà vu dans ce rôle.

Il lui tendit la main en signe d'accueil quand elle monta les trois marches du podium et lui fit un baise-main digne du *Guépard*. Anita fut placée avec déférence au centre de la longue table de conférence en bois clair. Il fallut un temps pour que le brouhaha se tempérât un peu et que le producteur pût enfin parler :

— C'est pour nous, et pour moi en particulier, un immense honneur de recevoir à Venise mademoiselle Deweers. Entre elle et Venise, il y a déjà une belle histoire d'amour puisque, chère Anita, vous êtes venue ici en tant que membre du jury à la Mostra et que vous y aviez précédemment obtenu un prix d'interprétation pour *Tous les hommes vont en enfer*.

— Je vous remercie pour votre accueil. Je vois que l'Italie sait toujours recevoir avec la chaleur qui lui est sienne. Je vais être d'une grande banalité mais aussi d'une grande sincérité en vous disant simplement que j'adore venir ici, retrouver cette atmosphère si particulière de Venise, et toutes ces effusions me vont droit au cœur.

— Tout le monde est ravi de vous savoir ici. Je ne vais pas poursuivre plus avant car je pense que tous les journalistes présents brûlent de vous poser des questions sur votre actualité. Je vous laisse la parole, mesdames et messieurs de la presse.

Une forêt de bras se leva immédiatement et sans attendre, des questions fusèrent pêle-mêle. Un autre représentant des studios de Cinecittà intervint alors pour calmer le jeu et permettre à Anita de répondre :

— S'il vous plaît, chacun votre tour, sinon nous n'y arriverons pas. Je sais que vous êtes tous impatients mais écoutez-vous, que diable !

Le jeu des questions-réponses put enfin commencer.

— Mademoiselle Deweers, quelle est la raison de votre présence à Venise ?

— Je ne suis ici que de passage malgré mon désir de rester davantage et de flâner.

— Où allez-vous ?

— À Rimini où je suis attendue.

— Pourquoi Rimini ?

— Parce qu'une équipe de repérage m'y attend.

— Une équipe de repérage vous y attend ?

— Exact.

— Donc un nouveau film en préparation ?

— Encore exact. Non seulement un nouveau film mais un film que je vais produire : disons que ce sera plutôt une coproduction.

— C'est nouveau, ça !

— Tout à fait nouveau et passionnant.

— Et avec qui allez-vous le produire ?

— Une toute récente société qui rassemble des partenaires français, italiens et suisses.

— Et qui va s'appeler ?

— Les films du Colisée.

— Tout un programme !

— Je l'espère et en même temps je fais honneur à votre pays.

— Mille mercis.

— Anita, quel sera le sujet du film ?

— Une surprise !

— Anita, ce n'est pas une réponse. Faut-il vous supplier à deux genoux pour en avoir une ?

— Ce n'est pas utile.

— Alors ?

— Disons que le scénario va s'inspirer largement d'un célèbre auteur américain.

— Lequel ?

— Dois-je vraiment vous le dire ?

— Ne jouez pas avec nos nerfs, Anita !

— Tennessee Williams.

— Vous pouvez développer ?

— Non, je crois que je vous en ai déjà trop dit.

— Si peu, Anita, si peu !

— Eh bien, disons que je viens de relire l'œuvre de Tennessee Williams grâce à un jeune universitaire parisien et que j'ai été séduite – que dis-je ! – que j'ai été passionnée par son écriture et ses personnages.

— Mademoiselle Deweers, s'agit-il d'un remake ?

— Peut-être, oui et non.

— Anita, vous n'allez donc pas vous contenter de produire le film, vous allez y jouer aussi ? Rassurez-nous au moins sur ce point.
— Oui, évidemment. Les personnages de Tennessee sont tellement attachants.
— Allez-vous reprendre un rôle célèbre ?
— Rien n'est encore définitif.

Elle ne voulait pas donner de piste même si le choix était arrêté. Les commentaires viendraient bien assez tôt à Rimini sur quelques noms supposés. Certains fusèrent, l'excitation monta d'un cran.
— Un personnage interprété par Vivien Leigh ?
— C'est très tentant mais je ne pense pas.
— Elizabeth Taylor ?
— Ava Gardner ?
— Katharine Hepburn ?
— Vous le verrez en temps voulu.
— Que de mystère, mademoiselle Deweers !
— S'agira-t-il du rôle principal ?
— Si rôle féminin principal il y a.
— Et qui aura la chance d'être votre partenaire masculin ?

Le mot chance fit sourire Anita qui garderait une part de suspense…
— Ce n'est pas encore décidé. Le casting est en cours.
— Pas encore décidé ?
— Comme je viens de vous le dire… même si…
— Même si ?
— Même si on a retenu certains noms.

— Lesquels ?

— Je ne dirai rien de plus sur ce sujet.

— *As you like.*

— Anita, vous nous faites languir.

— Je l'espère bien !

— Qu'allons-nous dire à nos lecteurs pour calmer leur impatience ?

— Qu'Anita Deweers va produire un film qui se tournera en Italie, inspiré de l'œuvre de Tennessee Williams et qu'elle y jouera le rôle féminin principal. Ce n'est déjà pas si mal comme scoop ?

— Oui, mais ce n'est pas assez. Les gens vont vouloir en savoir davantage. Tout ce qui vous concerne les intéresse.

— Merci, c'est aimable.

— Alors, Anita ?

— Je ne peux que vous répéter ce que je vous ai déjà dit.

— C'est-à-dire ?

— Que je vais partir pour Rimini pour les premiers repérages.

— Pourquoi avoir choisi Rimini plutôt que Venise que vous semblez tant aimer ?

— Vous le comprendrez quand le film sera terminé… s'il se termine un jour ! Disons que c'est une question d'atmosphère. “Atmosphère, atmosphère ! Est-ce que j'ai une gueule d'atmosphère !”

— Bravo Anita, vous connaissez vos classiques !

— Facile, mon cher, mais tentant.

— Vous pourriez nous préciser de quelle atmosphère il s'agit.

— Non, car je ne veux rien dévoiler de plus.
— Alors nous allons rester sur notre faim ?
— J'en ai bien peur.

Le plus jeune des frères Monteverdi, sentant sans doute que la conférence de presse risquait de s'enliser ou qu'Anita avait atteint son point limite, intervint pour mettre un terme au débat.

— Voilà, je crois que mademoiselle Deweers vous a dit tout ce qu'elle pouvait vous dire sur ce sujet. Un peu de suspense fort cinématographique n'est pas une mauvaise chose ! Aussi, je vais tous vous remercier pour vos questions et votre présence. Et un grand merci à vous, chère Anita, de vous être prêtée à ce petit questionnaire !

Anita lui sourit et se leva.

Les questions continuèrent mais ni elle ni le plus jeune des frères Monteverdi y répondirent.

— Quand débutera le tournage ?
— Où allez-vous résider, Anita ?
— Monsieur Monteverdi, y aura-t-il des acteurs italiens dans le casting ?
— Mademoiselle Deweers, êtes-vous sensible au charme latin ?
— Anita, encore une dernière question, une seule !

Anita fit un signe de la main en quittant la table de conférence et prit congé. Mademoiselle Deweers n'avait alors plus qu'une envie, regagner le *Danieli* le plus vite possible et rester seule dans sa chambre, ne plus parler, ne plus entendre de questions. Mettre la tête dans les oreillers et ne plus penser à rien. Elle verrait les frères Monteverdi durant les jours suivants pour régler tout ce qui restait en suspens et pour fixer une date pour le début du tournage.

12.

Deux jours et deux nuits au *Danieli*. Deux jours comme une parenthèse dorée. Deux jours à vivre telle une diva. C'est la vie qu'aurait pu mener Alexandra Del Lago. Être déjà Alexandra Del Lago.

Anita ne quitta pas sa suite. Pourquoi la quitter d'ailleurs ? Il n'y eut qu'une fois où elle sortit, quand les touristes avaient regagné leurs hôtels et quitté Venise, le plus souvent. À une heure entre chien et loup, un soir, elle s'était élancée vers la place Saint-Marc suivre les galeries, elle était entrée dans un café presque désert se promener nonchalamment le long de la Riva degli Schiavoni pour regarder les bateaux qui se dispersaient sur la lagune. Ne penser qu'à la beauté du lieu, ne songer qu'à se laisser bercer par les images et la vague nostalgie qui s'y attache. Puis elle était revenue au *Danieli* voir la nuit tomber sur Venise, les lumières se refléter dans l'eau et penser à certains tableaux. Attendre le room-service et se remettre au travail restait une priorité.

Ses premières activités matinales consistèrent à réfléchir aux propositions de casting qui devaient être négociées avec les frères Monteverdi et à étudier la biographie de Jérôme Vancenis qu'elle s'était procurée. Il y avait des articles de presse, des critiques de films et un dossier fourni par son imprésario. Georges, de son côté, avait choisi une directrice de casting efficace.

Jérôme était incontestablement ce qu'il est convenu d'appeler un beau garçon. Très beau même. La presse, féminine notamment, ne tarissait pas d'éloges sur son physique. « Une des plus belles gueules du cinéma français », « Enfin un jeune premier digne de ce nom », « Le seul à pouvoir succéder à Alain Delon » et au bas de photos prises sur une plage des Bahamas : « La plastique irréprochable de Jérôme Vancenis ». Il avait en effet un corps élancé et bronzé, des cheveux foncés et un regard limpide tirant sur un vert d'eau qui ne pouvait faire penser qu'à une couleur aquatique.

Au-delà de cette plastique irréprochable, il y a le style, ce plus indéniable qu'on appelle le charisme, cet élément moteur essentiel et presque inexplicable qui vous permet de retenir la lumière au cinéma, qui vous sublime plus qu'un autre.

Dernier atout : ce charme et ce sourire qui faisaient craquer Sagan. On sait que la beauté ne suffit pas pour vous consacrer auprès du public, il faut tout le reste. Et lui, il avait instinctivement, irrésistiblement cette capacité à capturer, à dompter la caméra qui filme.

Tout cela n'avait pas échappé à Anita. N'allait-elle pas succomber à cette attraction naturelle émanant de Jérôme, elle qui avait aimé, qui aimait encore tant les jeunes hommes ? Et les beaux bruns en particulier.

Partout, il était écrit que Jérôme Vancenis savait très bien utiliser son charme ravageur. Quel jeu de séduction allait s'installer entre eux ? Serait-il logique et inévitable ?

Jérôme Vancenis avait conscience de sa beauté et de l'attraction qu'il exerçait sur les autres. Comment l'ignorer ?

Il avait été sûrement un bel adolescent. Il ne pouvait pas penser être autre que ce qu'il était. Il l'était simplement. La biographie officielle qu'Anita s'était procurée racontait qu'il avait pratiqué du sport à un haut niveau et que cela l'avait conforté dans cette idée que son corps était avant tout une belle mécanique qui s'entretenait. Il avait vu et compris assez tôt quelle part il pouvait tirer de son physique, du pouvoir qu'il lui donnait, peut-être même avant de faire du cinéma.

Il semblait y avoir pensé très tôt.

Dans une interview, il confiait n'avoir jamais compris pourquoi ses parents, beaux tous les deux, n'avaient jamais songé à forger eux-mêmes une carrière au cinéma. Au lieu de ça, une vie conformiste de Français moyens les contentait. Son père avait participé à des compétitions d'athlétisme et avait remporté quelques succès. Il était devenu entraîneur d'un petit club sportif.

Le fils avait sans nul doute ce petit plus qui faisait toute la différence. Exister devant la caméra n'était pas qu'une façon d'être. En tout cas, sa photogénie doublée de son jeu d'acteur le rendait mémorable.

Anita se souvint d'une polémique qui avait eu lieu quelques mois plus tôt. Un magazine célèbre et mal intentionné avait passé au crible le visage et le corps de Jérôme pour y déceler la moindre imperfection.

Le jeune acteur n'avait pas attaqué le magazine et cet incident l'avait rendu encore plus populaire aux yeux de ses admirateurs.

Interrogé sur le plateau de tournage de leur dernier film, Marc Jaucourt avait d'ailleurs clos l'affaire en citant Shakespeare, « Beaucoup de bruit pour rien ».

Les deux films que Jérôme avait tournés avec Jaucourt l'avaient propulsé aux sommets. Son dernier rôle racontait la déchéance d'un jeune aristocrate russe ruiné par le jeu et les excès à la veille de la Révolution. Il avait montré ses capacités dramatiques et son interprétation avait impressionné les critiques les plus récalcitrantes. La fin du film montrait un homme jeune, prématurément vieilli et dont le visage ravagé annonçait une fin proche.

Vint le départ pour Rimini le jour prévu. Sortir du cocon du *Danieli* et affronter les soucis évidents de la production n'était pas chose si aisée. Le départ ressembla en tous points à son arrivée à l'aéroport Marco Polo. Lorenzo, le plus jeune des frères Monteverdi, la conduisit dans un somptueux *cabin-cruiser* afin de l'emmener dans le port de Rimini. De nouveau, des photographes et des gens de la presse prévenus ne se firent pas prier. Ce fut un embarquement que n'auraient renié ni Rita Hayworth ni Elizabeth Taylor. Elle fit de grands signes de la main au côté de Lorenzo qui la tenait par les épaules : une idylle était-elle en train de naître ? Que lirait-on dans certains journaux le lendemain ? Le *cabin-cruiser* s'éloigna du quai, laissant derrière lui de larges sillons d'écume.

À Rimini, elle prit place dans un palace proche du centre, le *Grand Hôtel* qui rappelait le titre d'un film de Garbo. La façade monumentale du bâtiment ressemblait aux grandes pâtisseries architecturales qui avaient fait le succès de la Côte d'Azur lors de la Belle Époque, à l'image du *Negresco*. L'hôtel datait d'ailleurs de la même époque. Ce serait un merveilleux lieu de tournage qui disposait de jardins, d'un intérieur luxueux : presque un décor de conte de fées.

L'équipe de repérage était déjà au travail. Pour en arriver à ce choix, que d'hésitations ! Anita tenait à concilier le pays où se déroule *Le printemps romain de Mrs Stone* et l'histoire du *Doux Oiseau de la jeunesse*. Pourquoi s'était-elle accrochée à cette idée avec tant d'obstination ? Soutenue, il est vrai, par Bertrand qui avait fini par concéder. Il y avait eu des négociations difficiles avec ses partenaires.

On avait écarté assez rapidement le décor de la Riviera ou la région de Capri trop policées, trop planes, trop lumineuses. Les producteurs italiens s'étaient mis en tête de tourner sur la côte du Latium qui offrait de longues plages de sable et la proximité avec les studios de Cinecittà pour les scènes d'intérieur. Mais Anita avait préféré un décor naturel, réel.

Finalement le choix s'était fixé sur la région de Rimini comme ils le souhaitaient avec Bertrand. Les clichés du photographe autrichien les avaient séduits et ce qu'elle découvrait maintenant la confortait dans son choix. Il y avait là une succession d'hôtels typiques des bords de mer, des plages à perte de vue, des avenues rectilignes longeant la mer baptisées « Lungomare » et la couleur si particulière de l'Adriatique rappelant un peu la lagune de Venise. Les plages surpeuplées l'été devaient être abandonnées sinon désertées durant l'arrière-saison. On ne tournerait qu'en septembre. Le temps pouvait ici être plus languide, moins éclatant qu'à Capri ou à Naples. On distinguerait des cieux blanc laiteux ou légèrement gris sur une mer d'un vert très pâle. Parfois de gros nuages foncés comme dans les tableaux de Giorgione rendaient l'atmosphère lourde à souhait.

Tout cela lui rappelait l'univers si particulier du film de Fellini *Amarcord*, et la nostalgie qui s'en dégageait. Finalement peu d'équipes de tournage y étaient revenues pour travailler.

Amarcord se passait pendant les années fascistes. De nombreuses scènes brumeuses avaient été filmées sur les plages. La similitude réelle avec les étendues plates et infinies du sud des États-Unis, de ces étendues qui ne peuvent qu'engendrer une triste monotonie était flagrante. Anita se souvenait que *Les sorcières de Salem* avait été tourné dans le nord de l'Allemagne de l'Est.

Le *Grand Hôtel* servirait donc de décor au tournage. Cette atmosphère de luxe désuet, ce climat quelque peu étouffant du Sud non seulement lui plaisaient, mais elle savait intimement que cette transposition et ce déploiement dans de nouveaux décors seraient gages de réussite.

Les journées de l'actrice étaient bien remplies. Toujours avec l'équipe de repérage, elle avait visité plusieurs chambres pour trouver le lieu idéal du huis clos tragi-comique entre Chance et Alexandra Del Lago. Puis on partit en bord de mer. On retint aussi des jardins exotiques ou des bords de piscines aux allures hollywoodiennes. Le centre-ville plus ancien offrait quelques possibilités de jolies prises de vues. Il y avait en fait deux villes dans Rimini, celle-ci et l'autre, la balnéaire, qui avait envahi la côte.

Repérant les futures scènes, Anita restait en contact avec ses partenaires. Elle avait régulièrement Georges en ligne et sa directrice de casting. Il avait réglé toutes les conditions pour s'assurer la participation de Jaucourt et de son acteur fétiche. Il fallait désormais assurer la distribution des autres rôles, assez nombreux. Les producteurs romains avaient leur mot à dire. Ils avaient accepté sans trop de difficultés que les deux principaux rôles fussent tenus par des acteurs français, ce qui était un effort louable dans cette coproduction. Cependant, il fallait ménager leur susceptibilité, les Latins sont réputés pour être ombrageux. Et puis, il y avait des gens à placer, des gens sur qui on misait, ceux à qui on promettait une belle carrière. Faire preuve de pragmatisme tombait sous le sens.

S'il était acquis que Jérôme Vancenis jouerait Chance, le doute persistait sur la jeune fille timide. Les Italiens voulaient décider. Ils miseraient sur une jeune première infaillible. Leur choix se porta sur une étoile montante du jeune cinéma transalpin, Eva Lavinia. Anita la jugeait trop pulpeuse pour le rôle de la petite jeune timide et soumise qu'elle devait incarner. Eva était pourtant diablement italienne, pas du tout éthérée. Son personnage se révolte contre l'ordre établi, contre l'autorité paternelle. Au contraire, son physique avantageux apporterait un plus. Le scénario avait été transposé en fonction de ce choix de casting. De même pour les scènes de flash-back inspirées du texte original.

Georges et Anita avaient dû faire un compromis, convaincus que les maquilleurs italiens étaient les meilleurs en Europe et qu'ils sauraient jouer des ombres et des lumières sur le visage de la fille sexy.

Anita comprenait combien la préparation d'un film tenait à la science du compromis. Après avoir su imposer le lieu de tournage, un metteur en scène français, son optimisme restait béat, sa détermination, intacte.

La distribution des rôles n'était pourtant pas toujours une partie de plaisir. On passait du jeu au psychodrame, les négociateurs d'un ton surjoué menaçaient parfois d'ultimatums. Puis, on se réconciliait, et on avançait… pour septembre.

Le rôle de Finley, après d'âpres discussions, fut finalement confié à un acteur américain qui avait fait l'essentiel de sa carrière en Europe. Il y avait tourné d'abord quelques péplums à Cinecittà dans sa jeunesse grâce à une musculature avantageuse. Depuis, moins à son avantage, il avait changé de registre. Il jouait souvent des chefs mafieux ou des pères nobles au physique rassurant. Son physique imposant et son allure virile correspondaient bien au personnage de ce père autoritaire et tout-puissant. On s'était emballés pour cette massivité comparable à un bloc de granit jusqu'à son visage fort carré. Ces marques esthétiques renforçaient le côté potentat local et monstre familial qu'il devait incarner. Richard Constable serait donc Finley.

Puis ce fut le tour de Miss Lucy, la maîtresse de ce dernier, pleine d'indulgence pour Chance, peut-être amoureuse de lui comme l'avaient été de nombreuses femmes autrefois. Les équipes finirent par tomber d'accord sur une actrice italo-allemande dont la carrière était dans l'ombre depuis quelques années mais qui avait eu de grands rôles au moment où le cinéma italien brillait.

N'oublions pas Elke Giuliano. Un beau visage, un encore beau visage bien qu'émacié et marqué par l'alcool et quelques excès. Sa vie fut agitée et elle eut des relations parfois peu recommandables dans le milieu du jeu. Son retour à l'écran était attendu, bien que différé plusieurs fois. Pour elle aussi, on parlait d'un second souffle à donner à sa carrière (ce thème toujours raccord avec l'œuvre de Tennessee Williams). On capta également le nom de Lise de Verteuil, sociétaire de la Comédie-Française et de Gino Monteverdi, fils de l'aîné des producteurs, qui avait pour lui une certaine ressemblance avec Eva Lavinia dont il jouerait le frère.

La distribution était enfin complète : acteurs français, italiens, germaniques. C'était magnifique, c'était inédit. Les lieux de tournage furent fixés et le matériel nécessaire loué. Tout serait installé à la date prévue. Georges était très efficace dans ce domaine.

On avançait et c'était bien là l'essentiel. Que tout fût prêt pour le tout début de l'été indien.

Les jours filaient. Anita avait beau se répéter tous les matins qu'il lui fallait être optimiste, que ce qu'elle réalisait était admirable, une forme d'inquiétude animale la gagnait à la mesure d'une inimitié qui menace. Cela étant, parce qu'elle avait su s'entourer, les coups de téléphone étaient nombreux entre Rimini, Paris et Cinecittà et ils la rassuraient.

La distribution pour les rôles principaux était enfin fixée. On avait dû adapter les noms au contexte italien.

Ainsi Heavenly Finley était devenue Angeline (prénom choisi dans une adaptation française précédente) qu'on avait préféré à Évelyne pour une sonorité plus latine. Seuls les deux protagonistes majeurs conservaient leurs noms d'origine. Rien ne pouvait remplacer Chance : seul le nom de famille avait été gommé.

— Alexandra Del Lago : Anita Deweers.

— Chance : Jérôme Vancenis

— Angeline (Heavenly Finley) : Eva Lavinia.

— Il Padrone (Boss Finley) : Richard Constable.

— Luciana (Miss Lucy) : Elke Giuliani.

— Tonio (Tom Finley) : Gino Monteverdi.

— Tante Anna (Aunt Nonnie) : Lise de Verteuil

— Giorgio (George Scudder): Hans Vengen.

— Le directeur de l'hôtel : Peter Wolf.

Ces deux derniers étaient des acteurs allemands qui avaient surtout réalisé des films d'auteur, la plupart en France et en Italie.

13.

Mi-juillet, Anita regagna Paris avec l'impression d'avoir oublié des détails à régler à Rimini. Elle se répétait pourtant que tout serait prêt pour les premiers jours de septembre. Il fallait y croire.

L'équipe arriverait dès le mois d'août, les réservations avaient été faites pour la fin de la saison touristique. Le directeur du *Grand Hôtel* était flatté de la présence d'Anita dans son établissement ; il s'était montré prévenant, galant à souhait. De cette galanterie très italienne, à la fois subtile et appuyée.

Paris se vida de son flot quotidien de travailleurs qui désertaient la ville pour la mer ou la campagne. Tout devint plus lent et paisible dans la ville abandonnée. On prenait le temps de faire des choses qui semblaient futiles l'essentiel de l'année. On pouvait admirer de nouveau les reflets dorés du soleil couchant sur la façade du Louvre, profiter de la douce fraîcheur des arcades du Palais-Royal et être amusé par le jeu des fontaines du Trocadéro. On prenait le temps de siroter un verre rive gauche comme on l'eût fait à une terrasse de Biarritz ou de Juan-les-Pins. Paris devenait à cette époque « la banlieue de Saint-Paul-de-Vence » comme le disait si bien la chanson de Trenet. Il y avait cette impression diluée que l'air frais, le farniente et le temps arrêté s'emparaient de la capitale. Elle aussi, Anita, elle s'accordait ce répit saisonnier. Les véhicules, tels des insectes gorgés de soleil et de sucre, circulaient paisiblement dans un ballet harmonieux. Les conducteurs en devenaient presque aimables.

On ressentait cette relâche totale qui tranchait avec le cloaque ambiant des autres mois de l'année.

L'été resta toutefois très animé pour Anita. Des contacts téléphoniques fréquents avec Georges, quelques visites dans ses bureaux suivis d'un repas pris près de l'avenue de l'Opéra dans un restaurant qui possédait une jolie verrière 1900 ornée d'une profusion de plantes lascives, occupaient ses journées. Elle aimait bien cette ambiance tropicale en plein Paris, cet air de vacances qui s'emparait d'elle.

Puis Karl-Alexander vint la voir. Il fuyait les récurrentes mondanités près des lacs suisses ou bavarois. Nouvel associé dans les Films du Colisée et toujours mari officiel, il n'est pas faux de dire qu'il était doublement le partenaire d'Anita. Il lui fit une visite inattendue et charmante. Karl-Alexander était un amant et un mari très séduisant. De son milieu et de son éducation, il tirait un côté assez peu conventionnel qui lui seyait assez. Cette transgression n'en était que meilleure et apportait du sel à leur relation. Anita aimait ces volutes avec lui. Cette connivence retrouvée était comme un dépaysement, et elle savait jouer des gammes pour retrouver des variations auxquelles elle ne serait jamais insensible.

Le mois d'août s'achevait. La seconde quinzaine était entamée. Rose était sur le pied de guerre. Bientôt, toute l'équipe s'installerait enfin. L'épreuve de vérité arrivait. Anita était prête à se jeter dans la bataille, après tous ces mois de préparation, de travaux et de remises en question. Les soutiens de Georges et de Marc étaient essentiels face aux questions qui l'agitaient. Le texte de Tennessee serait respecté malgré les modifications nécessaires. On avait su préserver les tensions politiques et sociales, ainsi que la dureté des rapports humains et leur complexité. Anita avait bien sûr conscience de la difficulté pour elle de s'intégrer à cette nouvelle équipe avec sa double casquette de productrice et de premier rôle féminin. Elle qui ne s'était jamais préoccupée de tous les aspects de la préparation d'un film avait eu le sentiment de s'investir comme jamais : la volonté de réussir, d'être une grande professionnelle en ayant su s'entourer devenait une obsession intenable.

14.

L'équipe était au complet. Le tournage démarrerait bien à la date prévue.

Anita était dans la suite impériale du *Grand Hôtel.* Cela lui rappelait les jours heureux de la clientèle austro-hongroise de la Belle Époque. Le directeur se montra toujours aussi prévenant et galant, ne trouvant pas de superlatifs assez élogieux pour la qualifier.

Elle reçut la visite du maire de la ville, flatté à son tour de la présence d'une équipe de tournage et d'une grande vedette française. Il convia tout ce beau monde à une grande soirée de bienvenue. Les moments étaient euphoriques, il ne fallait perdre ni ses repères ni ses objectifs.

Rose était dans une chambre peu éloignée de celle d'Anita. Georges viendrait bientôt assister à la soirée du maire. Marc Jaucourt, que l'on disait d'un tempérament plutôt sauvage, avait loué une villa en dehors de Rimini, plus au sud, sur la route de Riccione. Le reste de l'équipe s'était réparti entre le *Grand Hôtel* pour quelques acteurs comme Richard Constable, d'autres établissements moins prestigieux ou des studios bordant les plages.

Durant les derniers jours d'août, il fallut régler la question des costumes et des coiffures. Bien les choisir était déjà un facteur déterminant pour les scènes à venir et notamment pour la première qui devait commencer par un long plan silencieux sur les deux personnages principaux. Il s'agit d'un rendez-vous amoureux. Oui, l'œil du public pénètre immédiatement l'intimité d'une chambre d'hôtel.

Les costumes étaient arrivés de Rome, quelques jours avant. Un grand créateur milanais y avait travaillé tout l'été dans les studios de Cinecittà. Il avait tenu compte qu'Anita devait être allongée sur un grand lit, en proie à un sommeil agité de rêves et sans doute de cauchemars. Après plusieurs propositions, elle avait opté, en accord avec Jaucourt, pour un ensemble composé d'un pantalon et d'une longue tunique. C'était quelque chose de vaporeux, presque arachnéen, avec de grands ramages roses et vert pâle mêlant oiseaux de paradis et feuillages exotiques. Cela faisait penser à ces pyjamas de plage souples et fluides qui faisaient fureur sur les rivages de la Côte d'Azur dans les Années folles. L'avantage était de libérer les mouvements soyeux en leur donnant une certaine grâce.

Pour Jérôme, les didascalies indiquaient que Chance porterait un pyjama en soie blanche. On préféra la couleur crème plus douce, plus soyeuse qui correspondait aux teintes de l'époque, du moins à l'idée qu'on s'en faisait. La confusion entre le tissu et la peau serait ainsi soulignée.

Puis, ce furent les essais de coiffure et de maquillage. Les studios de Cinecittà, très professionnels, avaient dépêché sur place une armée de personnes qualifiées.

Les cheveux fous de Jérôme qui lui donnaient cet air romantique et lointain à la Gérard Philipe avaient été disciplinés et savamment rejetés en arrière. Une de ces coupes gominées et plaquées des années trente. Cela mettait en valeur la perfection quasi classique de ses traits et lui donnait un abord un peu froid de ténébreux. Ressembler aux grands séducteurs de l'époque, les imiter, c'était ce que voulaient les jeunes gens d'alors.

Marc Jaucourt avait donné des instructions en ce sens, accentuant ainsi le contraste entre le désarroi moral du personnage et le côté un peu glacé de gravure de mode ou de gigolo sûr de lui et de son physique.

Anita avait des cheveux bouclés et vaporeux dans le style des vedettes américaines de ces années-là. S'était-on inspiré de Bette Davis ou de Carole Lombard ? Cela présentait un avantage, celui d'adoucir les traits et d'être glamour à souhait. Rose était là et surveillait tout mais ne voyait pas d'un très bon œil cette armada volubile de maquilleurs et de coiffeurs imposée par la coproduction.

Elle se sentait comme un félin dont on occupait le territoire ancestral. Anita la raisonna. Rose avait du mal à s'habituer à ce qu'elle considérait comme une intrusion, une présence envahissante, hostile, même si elle reconnaissait un certain talent à ces gens-là. Qui l'estimaient. La tension se calma dans la loge d'Anita, heureuse d'avoir évité un incident diplomatique. L'atmosphère des coulisses presque aussi importante que celle du plateau lui-même n'est jamais à négliger.

Ce fut le premier jour de tournage. Pour ce huis clos, une des plus grandes suites du palace avait été choisie. Les décorateurs avaient gardé l'essentiel de l'ambiance rétro et y avaient ajouté un savant mélange entre l'Art nouveau et l'Art déco. La profusion de l'un mettait en valeur la sobriété de l'autre. La suite comprenait une salle de bains pompéienne, une vaste alcôve pour le lit s'ouvrant de part et d'autre par des fenêtres arrondies, très composition Renaissance. Enfin un vaste balcon-terrasse offrait d'autres possibilités de prises de vues.

Ce fut dans ce cadre riche et fermé que le premier clap retentit. Une scène muette, la première que Marc Jaucourt voulait intense malgré l'absence de dialogues. Il y eut un très long travelling sur la suite en question. Il respectait les didascalies de Tennessee mais comptait y ajouter un assez long flash-back.

Le travelling ignorait d'abord les deux occupants de la suite. Il s'attardait sur le plafond et ses volutes, les tissus drapés ou froissés, la porte-fenêtre ouverte sur le jardin. Il jouait avec les zones d'ombre et les quelques rais de lumière venant de la fenêtre, il magnifiait ce clair-obscur chargé de sens dans la peinture, puis progressivement il se rapprochait du lit immense et pompeux au centre de l'alcôve. On y voyait alors une femme allongée dans le fameux déshabillé rose et vert. Tout ce plan donnait une impression d'intimité dont on saurait plus tard qu'elle était exclusivement teintée d'illusions. La caméra se concentrait sur les deux personnages. Le but du metteur en scène était de montrer un certain mal-être et une forme de désarroi qui contrastaient avec le décor somptueux de la pièce. C'était beau à voir, ces deux personnages perdus dans leur dérive et dans leur quête. On pouvait penser que ce désarroi aurait pu les unir, le scénario allait démontrer le contraire.

Alexandra Del Lago, dont on ignore le nom et la carrière au début du film, s'agite sur ce lit, un bandeau noir domino en satin sur les yeux. Elle est pleine de chimères ou de cauchemars. La caméra suit les mouvements de l'endormie, le déshabillé cache ou révèle certaines parties du corps. Puis elle éclabousse le jeune homme d'un regard attentif comme si depuis le départ c'était ce regard qui guidait l'image. Lui est assis au bord du lit, sa veste de pyjama est ouverte, des gouttes de sueur perlent sur son torse. Les yeux expriment une tension, peut-être une inquiétude. Puis la femme se calme, le jeune homme attend encore un peu et finit par se lever. Il se dirige avec précaution, tel un félin aux aguets, vers la porte-fenêtre ouverte. Il allume une cigarette et s'appuie contre le mur. Son regard quitte l'intérieur de la pièce pour l'extérieur. Il ferme à demi les yeux, le soleil filtre au travers des persiennes croisées et il revoit leur arrivée la veille au soir dans la superbe automobile d'Alexandra Del Lago/Princesse Kosmonopolis.

La scène suivante serait tournée ensuite au-dehors.

Le lendemain, on tourna une autre scène beaucoup plus longue, toujours dans l'esprit de ce huis clos entre Anita et Jérôme. Cette scène serait tournée sur plusieurs jours. Pour Marc Jaucourt, c'était l'occasion de déterminer, si, pour la suite des événements, le couple et le trio fonctionneraient bien.

Selon la méthode théâtrale qu'il affectionnait, on répéta les apartés avant de filmer, et en découpant bribes par bribes. Marc ne souhaitait faire que peu de prises, c'était une de ses habitudes. Les répétitions étaient un travail d'orfèvre où tout était ciselé avec précision. Anita savait la réputation d'exigence qui la liait au metteur en scène. Elle était conquise. On tournait une adaptation d'une œuvre théâtrale. Il fallait tout respecter.

Tout fut réglé avec une extrême minutie. Tennessee Williams donnait lui-même beaucoup d'indications qui pouvaient servir l'adaptation. Au cinéma, on devait parfois s'en détacher. Le début du dialogue entre Chance et Alexandra Del Lago survient au moment où celle-ci se réveille brutalement, un peu saoule ou droguée par des somnifères. Elle ne semble pas reconnaître le jeune homme assis au bord du lit. Est-ce la réalité ? Ou joue-t-elle à ne pas le reconnaître ? La scène a un aspect tragi-comique qui revient fréquemment dans l'œuvre de l'auteur.

Jaucourt insista sur l'aspect tragique et désespéré de cette relation plutôt que sur une forme de dérision typiquement anglo-saxonne. Après tout, la scène se passait dans l'Italie fasciste des années trente. Deux personnages perdus dans une vie qui leur échappe.

Au tout début de la scène, Chance est au téléphone. Juste au moment où il raccroche, la femme allongée dont on ignore le nom est en proie à un cauchemar plus fort que les autres. Elle crie et se réveille. Le jeune homme se précipite vers le lit et cherche à la rassurer. La façon dont Jérôme enlèverait le bandeau noir des yeux d'Anita était pour Marc très révélatrice de leurs liens supposés. Un mélange de douceur et d'inquiétude, une pointe de lassitude.

Chance : Princesse ! Princesse ! Hé princesse Kos !

Alexandra Del Lago : Qui êtes-vous ? Au secours !

Chance : Allons ! Allons !

Alexandra Del Lago : Oh ! Je suis… J'ai, j'ai fait un horrible rêve…

Chance : Tout va bien, maintenant. Chance est avec vous.

Alexandra Del Lago : Qui ?

Chance : Moi.

Alexandra Del Lago : Je ne sais pas qui vous êtes !

Chance : Vous allez vous en souvenir, Princesse.

Alexandra Del Lago : Je ne sais pas, je ne sais pas…

Anita trouvait Marc assez dur avec Jérôme. Il exigeait de lui une quasi-perfection dans le jeu et même quand le jeune acteur l'atteignait, il ne semblait jamais satisfait et ne lui disait aucun mot d'encouragement. Avec Anita, le comportement était différent. Sous une apparente courtoisie se cachaient cependant grande volonté et fermeté. Il savait ce qu'il voulait obtenir d'elle, sur quel terrain il voulait l'amener. Ses intentions étaient subtiles, structurées, d'une grande exactitude. Il offrait plusieurs possibilités de jeu aux acteurs pour leur permettre de ne pas s'enfermer dans quelque chose qui ne leur aurait pas convenu. Elle n'aurait jamais supporté de jouer quelque chose qui résonnerait faux. Lui ne se serait jamais contenté d'un à-peu-près. Ils avaient des velléités semblables. Leur principal critère : placer la barre très haut.

Elle se souvenait d'un repas avec Georges et Marc, près de l'Opéra, qui l'avait éclairée sur le caractère de ce dernier. Le metteur en scène avait accepté cette idée de transposer la pièce dans l'Italie des années trente. Il avait même avoué en avoir été séduit. Anita avait vite compris, lors des conversations qui s'étaient prolongées dans le bureau de Georges, que Marc dirigerait la mise en scène sans concession et resterait le maître du jeu. Anita n'en prit d'ailleurs pas ombrage. Elle était soulagée d'entendre les mêmes propos de la bouche de quelqu'un d'autre que Bertrand.

Après ses longues journées de travail, que ce fussent les répétitions ou les premières séances de tournage, Anita retrouvait avec plaisir Rose qui l'attendait dans sa suite. Enfin, se démaquiller. Enfin, quitter ses vêtements de scène pour se délasser dans un peignoir éponge et s'abandonner aux mains de sa fidèle camériste.

— Rose, je suis épuisée.

— Épuisée, mais vous semblez heureuse.

— Tu as raison, je le suis.

— Et moi je le suis pour vous, mademoiselle Anita.

— Merci, c'est gentil. Le film prend exactement la tournure que je souhaitais. Quel bonheur !

— Vous voyez, mademoiselle Anita, il ne fallait pas désespérer.

— Oui, mais je m'en suis aussi donné les moyens.

— Exact, vous avez déployé une énergie admirable.

— Tu peux le dire, je ne m'en serais pas crue capable.

— Moi, je n'en ai jamais douté.

— Tu es incroyable !

— Je suis égale à moi-même comme vous l'êtes.

— Quelle équipe nous formons.

— Depuis si…

— On oublie les dates ! Surtout en ce moment où je sens que ma carrière prend un nouveau tournant, un bon tournant.

— Oui, je vous sens transformée.

— Il y a de ça. Une sorte de métamorphose.

— Vous allez faire un grand film.

— Je l'espère.

— Et bientôt vous allez être la reine de la soirée du maire de Rimini.

— On dirait François Chalais commentant l'arrivée d'Elizabeth Taylor lors du Festival de Cannes.

— Pratiquement. Quelle robe allez-vous porter ?

— J'hésite encore entre le fourreau marron glacé et la robe sombre de chez Chanel.

— Les deux vous vont bien. Le fourreau est plus sexy mais la robe de Chanel a plus de classe pour une soirée officielle…

— Tu as raison, décidons-nous pour la robe sombre avec ses reflets moirés, elle est superbe.

— Superbement glamour.

— Si tu le dis !

— Avec juste des clips en strass, ce sera parfait.

— Voilà une question réglée.

Anita ferma les yeux pendant que Rose continuait ses soins.

Le jour suivant, les répétitions reprirent tôt. De nouveau, on tourna la suite de cette première et longue scène entre les deux principaux protagonistes, c'est-à-dire le passage où Chance est au téléphone avec la réception et où il prononce pour la première fois le nom d'Alexandra Del Lago qu'il a appelée jusque-là « Princesse ». Réaction violente de celle-ci qui, par deux fois, lui dit qu'elle ne veut pas qu'il mentionne son nom. Pour donner plus de force à certaines répliques, le texte original avait été conservé.

— *Don't use my name!*

La veille, le même procédé avait été utilisé au moment où la Princesse croit étouffer :

— *Oxygen! Mask!*

Dans la transposition italienne, Alexandra Del Lago restait une vedette américaine, italo-américaine, et fuyait Hollywood croyant à l'échec de son dernier film, comme la pièce l'indiquait. Elle séjournait en Europe pour oublier tout cela. C'était ce que cherchaient beaucoup d'Américains à Paris ou en Italie, comme Tennessee lui-même, qui fuyait le conformisme ou le puritanisme de leur pays, qui recherchaient une forme de liberté ou de libération, une fuite, avec cette part d'amnésie totalement assumée.

On n'apprendrait que plus tard pourquoi Del Lago était victime d'une crise de désespoir.

Les répliques en anglais étaient brèves et devaient révéler l'angoisse ou l'agacement de l'ancienne gloire d'Hollywood.

Le jeu subtil entre Anita, Jérôme et Marc se transformait tout doucement. Elle devenait complice. De cette complicité précieuse à toute création scénique.

15.

La machine était bien lancée. Tout le monde parlait du film.

À Rimini, c'était un des sujets de conversation favoris. On guettait le passage des acteurs, leurs déplacements, la façon dont ils étaient habillés, leurs gestes de sympathie ou leurs sourires. Tout devenait théâtral et le tournage empruntait une voie royale.

Vint la soirée inaugurale voulue par le maire de Rimini pour honorer acteurs et producteurs du film et mettre la ville sous les feux de la rampe. Pour célébrer le 7e art, on avait choisi une salle monumentale typique de l'architecture italienne et de ses racines romaines. Il fallait emprunter un escalier tout aussi monumental typiquement dédié à ce genre de manifestation.

L'organisation avait fait des choses démesurées afin que les photos rendent compte d'une certaine magnificence. Les touches clinquantes et tape-à-l'œil abondaient. D'ailleurs à propos d'œil, le clin adressé à un certain cinéma hollywoodien était clairement assumé.

On avait tout prévu, sauf la pluie qui s'était invitée au dernier moment. L'eau ruisselait sur les marches devenues dangereusement glissantes pour les talons aiguilles qui allaient s'y aventurer. Les robes du soir ne pourraient s'éterniser sur le perron. On prendrait donc les photos à l'intérieur. Le maire regardait la pluie comme on gronderait une enfant désobéissante. En un temps record, on vit une armée de grands parapluies s'ouvrir pour accueillir tous les invités.

Anita arriva avec Georges dans la première Bentley blanche. La seconde était celle destinée aux frères Monteverdi. Au moment où elle sortit du véhicule, un portier lui offrit la protection d'un de ces vastes parapluies noirs. Juste au moment où elle était en train de défroisser sa magnifique robe du soir, un coupé sport bleu électrique vint s'arrêter précipitamment devant la Bentley. Jérôme et Eva en descendirent, et c'était Eva qui conduisait. Après avoir claqué les portières, agiles et désinvoltes, ils montèrent l'escalier sous la pluie en riant et en faisant fi du parapluie qu'on leur présentait. En haut des marches, ils riaient toujours. L'eau ruisselait sur leurs chevelures, leurs visages et leurs corps, faisant miroiter un peu plus la robe rouge moulante d'Eva.

Rien ne semblait pouvoir atteindre leur jeunesse, leur beauté et leur incroyable insouciance. De l'insolence se lisait dans leurs sourires triomphants.

Anita ne bougeait pas. Elle les regardait attentivement. C'était peu de dire qu'elle filmait la scène. Se sentait-elle décalée, tellement moins jeune ? Quelque chose d'insaisissable la ramenait inéluctablement vers Alexandra Del Lago. Georges sentit qu'une ombre passait dans le regard d'Anita. Un tressaillement. Il fit le tour de la voiture et lui offrit son bras. Jérôme et Eva se tenaient par la main. Elle eut pour eux un dernier regret fugace. Sous la protection du grand parapluie de cérémonie, elle se retint de prendre ses jambes à son cou. Finalement, le couple arriva à son tour sur le perron. Elle sourit d'un air faux. La presse l'attendait, il ne fallait plus penser qu'à cela.

L'Italie sous la pluie. Une pluie drue et tiède. On se serait cru dans un film néo-réaliste.

Ce n'était pas une pluie artificielle de cinéma.

Quand Anita fit son entrée, la salle était bondée. Les applaudissements fusèrent à tout rompre. Il faut dire qu'en Italie, on applaudit souvent même pour les enterrements des célébrités. C'est le pays des bravos et des vivats.

Cette reconnaissance faisait du bien, estompait le malaise de la montée des marches. Les photos se succédèrent avec Georges, puis seule et enfin avec tous les acteurs du film.

Après un bref mais élogieux discours du maire, la soirée put commencer. L'édile fit un brin de cour à Anita. Classique, charmant et très latin. Puis, en homme politique chevronné, il se lança dans une tournée auprès de l'assistance.

Anita se rapprocha de Georges :

— Tout le monde est là sauf Marc que je n'ai pas aperçu.

— Il ne viendra pas, je pense.

— Et pourquoi ?

— Marc déteste ce genre de manifestations, ces mondanités d'usage.

— C'est dommage.

— Oui, mais ça fait partie de son personnage.

— Je vois. Mystérieux et caractère ombrageux.

— En quelque sorte. Sinon, il ne serait pas Marc Jaucourt. Chacun a une réputation à tenir. Toi la tienne, lui la sienne.

— Bon, après tout…

— L'essentiel est que vous vous entendiez bien sur le plateau.

— Exact. Jusqu'à présent, c'est le cas.

— Tout est bien alors !

L'effervescence montait au rythme du volume du son. Richard Constable et Elke Giuliani prenaient plaisir à vider quelques verres ensemble, réputés pour bien lever le coude. Richard était célèbre pour des nuits bien arrosées à Capri et à Rome. Les plateaux de tournage se souvenaient de l'état alcoolisé d'Elke.

Jérôme jouait à la perfection son rôle de jeune premier romantique et un peu ténébreux. Il semblait lui-même libéré de l'œil critique de Marc. Eva ne cessait de papillonner d'un groupe à un autre, d'un groupe masculin à un autre, pour être exact. Anita lui pardonna bien vite son rire un peu trop surjoué, son attitude provocante et son décolleté trop généreux. Elle était une actrice italienne et ne faisait après tout que perpétuer une certaine tradition. Elle revenait vers Jérôme puis le quittait à nouveau. Anita restait persuadée qu'ils allaient repartir ensemble. Pourquoi ? Elle n'aurait su le dire.

Le maire revint vers Anita pour l'inviter à danser sur les premières notes de musique et ainsi, ouvrir le bal. On dansa sur des mélodies de Frank Sinatra, Dean Martin, Sacha Distel ou autres crooners. Tout semblait harmonieux. Anita dansa avec Georges qui ne se fit pas prier et, ô stupeur, avec Jérôme.

L'animation de la soirée vint surtout de l'équipe de maquilleurs et de coiffeurs venue de Cinecittà, rejointe par un groupe de techniciens qui n'avait pas froid aux yeux. On se mit à danser avec une sorte de frénésie. Le maire lui-même sembla pris par ce déchaînement folâtre et oubliant ses devoirs politiques et la retenue due à sa fonction, entraîna Elke Giuliani dans une sorte de samba improvisée. Cela semblait beaucoup amuser la belle Elke. Eva n'était pas en reste et passait des bras du chef opérateur à ceux du chef éclairagiste avec une facilité déconcertante. Jérôme prenait lui aussi du bon temps et riait beaucoup avec les membres de l'équipe. On sut que des baisers passionnés furent échangés.

L'orchestre jouait des rythmes de plus en plus endiablés, les nuits de la *dolce vita* semblaient renaître à Rimini. Oubliées les douces musiques des crooners ! On se lâchait de plus en plus.

Le plus jeune des frères Monteverdi poursuivait de jeunes beautés faussement effarouchées. Des coupes de champagne atterrirent même sur les murs dans une indifférence générale.

Anita et Georges quittèrent la fête tardivement. Les murs si solides résisteraient-ils jusqu'au bout de la nuit à cette ambiance débridée ? Le tournage du lendemain et les diverses questions à régler s'annonçaient vaporeux. Les débordements auxquels ils assistaient, tout cela était distrayant et inattendu, ce qui plaisait bien à Anita. Éméchée, elle songea cependant à une phrase que dit Ingrid Bergman dans *Aimez-vous Brahms...* « Demain j'aurai cent ans ! » La question de l'âge revenait toujours, sournoisement.

16.

La première et très longue scène entre Jérôme et Anita s'achevait enfin. Elle s'était accompagnée de moments intenses. C'étaient des passages qu'Anita redoutait, tant ils étaient lourds de signification pour elle. Le texte la renvoyait au personnage de Mrs Stone qu'elle avait écarté. Des questions lancinantes que toute séductrice actrice se pose. Si le texte de Tennessee était d'une douce cruauté, la direction de Marc l'avait beaucoup aidée. Parce qu'ils étaient du même âge et qu'il comprenait ce que ces mots lui renvoyaient. Elle comprit qu'il avait su habilement tirer le maximum de cette relation trouble.

Le début des souvenirs d'Alexandra Del Lago est une évidence redoutée, une sanction : « Je ne voulais pas me rappeler que ma vie est foutue, quel désastre… » C'est exactement ceci qu'Anita ressentit à Nice. Cette peur confuse de la fin de quelque chose, cette peur de voir sentir sa carrière dans une impasse. Comment dire…

Le texte se fait plus précis. Deux passages sont des monologues intérieurs qui s'adressent à Chance. C'est le moment où la vedette revient en pleine lumière après en avoir été privée quelques années durant. C'est le moment où le doute s'insinue encore en vous, et où l'on cherche une issue pour anéantir celui-ci. Et le public dans tout ça ?

« Ce n'est pas une question d'âge ». « Vous êtes une artiste, pas une starlette qui ne joue que sur sa jeunesse ».

Le personnage répond : « Mais moi, je savais bien que le mythe d'Alexandra Del Lago reposait sur sa jeunesse… » Quel cruel dilemme pour les acteurs quand la ville et la scène se confondent. James Dean, Marilyn…

« Il y a toujours quelque part, en nous, un fauve insatiable et qui rage, qui rage… Si j'étais vraiment vieille, mais, vous voyez, je ne suis pas vraiment vieille… Je suis… je suis… je ne suis plus jeune, voilà tout. Je ne suis plus jeune. Je ne le serai jamais plus… »

Toute l'ambiguïté, tous les désordres intérieurs, toutes les remises en cause étaient dans cette phrase simple, juste et cruelle.

D'autres phrases trouvaient écho dans la vie d'Anita. Moins sombres mais avec ce ton dérisoire : « Et maintenant, les jeunes amants… »

Ceux qu'elle avait rencontrés dans les rues du vieux Nice, ces bruns au corps lisse et à la gueule de petits voyous. Ces garçons qui vous offrent une parenthèse d'oubli.

« L'écran est un miroir impitoyable. Si vous saviez ! Il y a cette chose affreuse qu'on appelle un gros plan. La caméra avance sur vous, elle vous prend votre tête, votre visage, elle vous découpe dans le cadre de son image, sous une lumière terrible… » C'était ce que faisait la caméra de Marc. Anita pensait au maquillage, à toutes ces marques du temps que lui seul pouvait encore dissimuler.

La scène se poursuivait avec une autre confession d'Alexandra Del Lago au moment où Chance lui parle de son retour à l'écran et de cette triomphale première. Ce à quoi elle répond, décrivant ce qu'elle croit être son échec : « Et quand je me suis levée, quand j'ai commencé cette retraite éperdue, courant, courant à bout de souffle dans la salle noire, courant interminablement le long de cette allée interminable, ah ! j'avais l'impression que cette robe royale brûlait sur moi comme une torche… »

Elle repensa à ce qu'on lui avait raconté sur la première de *Lola Montès*. Martine Carol était arrivée triomphante dans une robe somptueuse pensant que le film ambitieux de Max Ophuls allait relancer sa carrière, la consacrer en tant qu'actrice et marquer un tournant décisif. Puis, à la fin de la projection, on avait sifflé, hué et Martine Carol était repartie laminée et défaite. Le temps d'un film et son rêve avait été brisé. (*Lola Montès* est un film culte). Tout est dans le cinéma comme dans tout autre art, on adore ce que l'on a rejeté quelques années plus tôt. Tel est le sort de certaines toiles de maître, restées méconnues longtemps avant le décès de leur créateur.

Marc Jaucourt avait choisi de tourner un flash-back sur ce passage lourd de sens à la Scala de Milan, où il avait gardé de fameux contacts. L'entreprise alourdissait les frais de production mais Anita y tenait. Comme elle serait heureuse d'avoir joué ces scènes délicates avec un mélange de justesse, d'émotion et d'intensité dramatique ! Quelle joie de réaliser une telle performance scénique !

Mais le tournage de la scène avait pris plus de temps que prévu. Sa façon de travailler et son côté perfectionniste y étaient pour beaucoup.

L'arrivée de Chance et d'Alexandra Del Lago dans le palace n'avait pas été tournée. La prise nécessitait la présence de voitures de collection et notamment d'une luxueuse limousine. Ajoutons que certains acteurs ne pouvaient rester indéfiniment à Rimini. Ils avaient d'autres engagements à honorer. Il fallait modifier l'ordre des scènes. On géra en priorité, en raison des flash-back qui l'accompagnaient, celle où Jérôme et Eva se retrouvaient. Ensuite, Anita ferait une pause.

Marc avait utilisé le centre historique de Rimini. Il avait été séduit par le Tempio Malatestiano et les places centrales comme la place Cavour et la place Malatesta, toutes deux entourées de palais, de lieux de pouvoir ou de résidences princières. L'un d'eux était d'ailleurs le palazzo communale. Il se dit que le maire serait content. Eva devait repartir dès la mi-octobre pour la Californie où elle tournerait quelques épisodes d'une série à succès en tant que guest-star. Beaucoup d'acteurs et de gloires hollywoodiennes avaient en effet cédé à la tentation (financière ou médiatique) de ce genre de tournages. Même Rock Hudson ou Ava Gardner !

La scène entre Angeline (Eva) et Chance (Jérôme) commencerait au pied du Tempio, lieu de rendez-vous, et se terminerait dans un des cafés de la place Cavour où peu après aurait lieu le meeting politique du père d'Angeline.

La scène avait elle aussi une grande intensité dramatique. Ce serait une scène majeure où se retrouvent les deux jeunes gens autour d'une explication déterminante.

Quelque chose de terrible entre eux, de terriblement cruel serait élucidé. Malgré leur amour partagé, plus rien ne sera possible même si Chance veut encore le croire de façon assez désespérée. Il croit qu'il va emmener Angeline à Hollywood, il croit en ce voyage qui leur offrirait non seulement une carrière de cinéma grâce à la Princesse, mais qui les libérerait du joug paternel et du piège du fascisme.

Angeline se demande pourquoi il n'est pas venu la chercher au moment où elle l'attendait, où tout semblait encore possible. Il lui raconte ce qui l'a poussé à quitter la ville.

La vie de gigolo à Milan, au bord des lacs italiens, les tentatives de carrière au cinéma à Rome et Cinecittà, la guerre en Éthiopie où il a été envoyé, leur jeunesse comme un leurre, tout sera parfaitement restitué pour illustrer la romance.

Un pavillon un peu à l'écart de tout, de l'agitation balnéaire, un pavillon de la Belle Époque avec du stuc comme l'indiquait le texte à propos de certaines maisons dans l'œuvre de Tennessee avait été dégoté par la production. C'était le lieu idéal sur une plage non loin de Rimini. On y tournerait le rendez-vous amoureux orchestré par la tante d'Angeline qui protège l'amour des deux tourtereaux contre les foudres du père.

Marc Jaucourt préférait suggérer que montrer. En cela il était de la vieille école, celle dite du second degré. Des images floues, des visages qui se confondent, des corps que l'on devine plus qu'on ne voit, la courbe d'une hanche ou d'un sein, une musique douce et un peu lancinante seraient des atouts majeurs. Le metteur en scène aimait ces retours en arrière impossibles au théâtre. On profiterait du tournage à l'extérieur pour en réaliser deux autres. Un avec Eva où elle passe en canot et crie à Chance de ne pas la revoir et de quitter la région. Un autre qui se glisserait dans une conversation entre Elke Giuliani qui joue la maîtresse du père d'Angeline et Chance, pour rappeler que celui-ci avait fait les beaux jours d'autrefois grâce à sa plastique et aux plongeons qu'il exécutait et qui suscitaient de l'admiration. Ce premier serait utilisé deux fois, la première dans une confrontation entre Chance et Alexandra Del Lago. Il nécessitait une mise en scène importante, avec des figurants, une vaste piscine entourée d'un décor de rêve. Avec au loin, des reflets sur la mer Adriatique.

La scène principale entre les deux jeunes gens prendrait fin dans un des cafés de la place Cavour au moment où le frère d'Angeline, vêtu de l'uniforme des Jeunesses fascistes, venait la chercher pour assister au meeting de leur père et où Chance devait s'éclipser :

— Qu'est-ce que tu fiches là ? On te cherche partout.

— Je voulais boire un verre avant de m'exhiber sur cette tribune.

Les jours suivants, on tournerait la scène du meeting. De l'autre côté du café, sur la place, on commençait déjà à ériger une tribune qui, comme l'indique une didascalie, serait décorée de drapeaux et de bannières. La transposition temporelle étant ce qu'elle est, ce seraient les insignes fascistes mélangés aux couleurs de l'Italie qui s'afficheraient sur les banderoles. Y seraient inscrits les slogans chers aux Jeunesses fascistes comme « Croire, obéir, combattre » et autre credo du Duce.

Richard Constable avait l'épaisseur nécessaire pour incarner à la fois le père autoritaire et le leader politique au verbe haut. Il monterait à la tribune avec ses enfants. Sa fille virginale serait en blanc, son fils en chemise noire.

Une autre scène entre le père et ses enfants précédant celle du meeting montrerait une autre réalité que celle d'une famille unie à la tribune. Une scène où le fils lui dit qu'il est au courant de sa liaison avec Luciana (Miss Lucy dans la pièce). Le père appelle sa fille qui finit par se montrer pour l'affronter. Elle descend un escalier typique des maisons bourgeoises de l'Italie du XIXe siècle. Entre le père et la fille se joue un face-à-face de vérité. Angeline dit elle aussi qu'elle connaît l'existence de cette maîtresse, que cette liaison avait commencé bien avant la mort de leur mère. Pourquoi lui seul aurait le droit d'aimer ? La fin de l'échange entre eux fait résonner les mots les plus durs et les plus désespérés. Ce sont ceux d'une jeune fille qui a avorté. Elle lui jette à la figure ce qu'elle est devenue à cause de cet avortement qui a mal tourné : « sèche, froide, vide à l'image d'une vieille femme ». Elle ajoute qu'elle veut rentrer au couvent. Son père refuse tout en bloc. Il veut juste qu'elle paraisse à ses côtés pour le fameux meeting, « toi d'un côté et ton frère de l'autre ».

Tout ce passage était d'une puissance particulière et forte dans le contexte qui avait été choisi. La virginité des filles dans un pays latin et machiste d'avant-guerre, la place de la femme vue par le fascisme qui lui donnait surtout un rôle de reproductrice. Oui, le texte de Tennessee prenait ici un sens tout aussi lourd, tout aussi chargé de symboles que dans le Vieux Sud, et plus encore. Cette rébellion de la fille contre son père est une transgression dans leurs rapports conventionnels. Finalement, elle finit suffocante par accepter de monter à la tribune.

Il y avait là pour le metteur en scène tout un éventail de sentiments à jouer, de subtilités à rendre et de renvois au contexte choisi qui s'avéraient intéressants et primordiaux. C'était un travail réellement jubilatoire pour Marc qui se félicitait de plus en plus d'avoir accepté cette mise en scène.

Eva donnait à son personnage une dimension nouvelle. Oubliées les héroïnes blondes, un peu éthérées et virginales. Elle avait cette sensualité à fleur de peau qui conférait à son personnage à la fois ce côté italien et cette envie de vivre. Tout ce que son père voulait nier et refouler. Le travail des maquilleurs avait été d'une grande habileté : dissimuler cette sensualité sous un aspect strict sans l'estomper. Il fallait des cheveux tirés, une certaine pâleur du visage auquel on associait une bouche gourmande.

Marc Jaucourt se rendait de plus en plus compte de ce que le contexte de l'adaptation apportait à la pièce de Tennessee. Cet éclairage dramatique du texte s'avérait une réussite. Le fascisme avec son oppression pesait sur les personnages et remplaçait les conventions de la société sudiste. Le discours politique lui-même pouvait être transposé de façon dure, et agressive. Le ton était donné.

17.

Un mois de tournage. Avant le départ d'Eva, une journée de repos un dimanche. Georges était d'accord, le plus jeune des frères Monteverdi aussi. Cela resserrerait les liens de l'équipe et Marc Jaucourt avait même accepté de venir. Du moment qu'il n'y aurait ni presse ni autorités locales.

C'était une de ces très belles journées d'arrière-saison. Une de celles qui vous font regretter l'été car on ne sait si une autre, semblable, réapparaîtra.

Toute l'équipe se retrouva au bord de la mer, au sud de Rimini, dans un de ces établissements privés qui ont leur propre plage, leur restaurant et leurs cabines. Il en existe un peu partout en Italie mais aussi à Cannes ou à Saint-Tropez.

La production avait loué pour la journée cet établissement qui portait le nom délicieux de *Dolce Miramare*. L'équipe et surtout les acteurs seraient tranquilles, incognito. Pour Anita, c'était une condition impérative d'apparaître sans prendre le risque d'être harcelée.

Sur le sable clair où luisaient des reflets argentés, il y avait des matelas aux grandes rayures blanches et rouges. Les parasols étaient du même tissu, ouverts au-dessus des tables d'un blanc éclatant. Des palmiers trônaient dans les grands bacs carrés jaune paille. Une symphonie parfaite de couleurs gaies restituait parfaitement l'humeur de tous les protagonistes présents.

L'Adriatique sous l'effet des rayons du soleil hésitait entre le bleu et le vert. Le camaïeu virait au vert dès qu'un nuage blanc passait dans le ciel.

On arriva assez tard dans la fin de matinée. Un surcroît de sommeil avait été accordé à la troupe, les journées de travail débutaient trop tôt. Ce ne fut qu'à onze heures que toute l'équipe fut au complet. Anita arriva non pas en Bentley mais dans une grosse Lancia un peu démodée, gris métallisé, mise à sa disposition par la direction du palace.

On se mit à table très tard, horaire italien, horaire d'artistes oblige. Une longue table avait été dressée sous des canisses et protégée par des pins tourmentés.

Le repas fut très gai et très arrosé pour certains. Anita fit rire tout le monde avec d'anciennes histoires de tournage et quelques anecdotes sur des célébrités. Elke Giuliani n'était pas en reste non plus. Toutes deux se renvoyaient la balle en y prenant plaisir. Eva et Jérôme riaient de bon cœur. Eva et Anita qui riaient des mêmes facéties, aussi. Seul Marc avait du mal à se détendre. Les jugeait-il tous futiles, une fois découverts, une fois abandonnés à eux-mêmes ? Il ne se sentait pas concerné par cette charmante agitation qu'il tenait à distance. Puis, il sourit timidement, à Jérôme d'abord et aux autres acteurs. Son beau visage sévère s'éclairait tout à coup.

À la fin du repas, le propriétaire des lieux apporta une magnifique corbeille de fruits en forme de corne d'abondance. On se serait cru au temps des Romains, s'apprêtant à goûter les délices de Capoue. Tout le monde éprouva le besoin de se détendre, de s'allonger. Les matelas blanc et rouge s'offraient à eux.

Jérôme s'allongea entre Marc et Eva. Il avait enfoui son visage dans ses bras. Marc regardait le dos de Jérôme offert au soleil. Eva était appuyée sur un de ses coudes.

Marc se leva. Il avait un corps sec et finement musclé. Il étala de l'ambre solaire sur le dos de Jérôme qui ne bougeait pas, comme s'il s'y attendait. Eva regardait la scène mi-perplexe, mi-amusée, lorsque le metteur en scène s'attarda au niveau des épaules et du bas du dos.

Le corps d'un acteur est important. C'est un outil de travail à part entière, comme la voix ou le regard. Jérôme devait prendre soin du sien.

Qui a oublié ce passage sur la beauté dans la dernière partie de la pièce le *Doux Oiseau de la jeunesse* ? Alexandra Del Lago en vante les mérites et y rappelle la chance d'être née avec.

Anita regardait les trois compères. Tout compte fait, Eva ne semblait pas s'intéresser à Jérôme. Pas plus qu'à tous les autres jeunes hommes qui ne manquaient pas de papillonner autour d'elle. D'où venait cette fausse impression qui l'avait embrumée sous la pluie lors de la grande soirée organisée par la maire ? La jalousie, sans doute.

Que devait-elle craindre ? Une rivale plus jeune ?

Des rivales plus jeunes, elle en avait connu à foison. Le cinéma en produit à chaque instant de votre carrière. Et tous ces journalistes qui racontaient tout et n'importe quoi pour vendre du papier. On avait opposé Martine Carol à Brigitte Bardot sans raison. Qui ignorait encore les rumeurs de mésentente entre Liz Taylor et Katharine Hepburn sur le tournage de *Soudain l'été dernier* ?

Alors Eva ?

Eva, rien. Finalement, sa méprise la rassura.

À Jérôme, on prêtait beaucoup de jeunes conquêtes, souvent éphémères. Et d'ailleurs pourquoi pensait-elle à cela tout à coup ?

Jérôme était un beau mec, c'est tout, et les regards des femmes et de certains hommes sur lui étaient éloquents.

Pourquoi ce sentiment fugace, incontrôlé, s'était mis à traverser son esprit ? Un signe avant-coureur ? De quoi ?

Des jeunes hommes de l'équipe, seconds rôles ou techniciens, vinrent chercher Eva qui abandonna sans hésiter Marc et Jérôme. Elle se dispersait beaucoup, séduisait pour un instant, une heure ou une après-midi. C'était facile, la plupart des mâles présents étaient à ses pieds. Elle aussi possédait le privilège de la beauté, une beauté charnelle et sulfureuse. Tout ce qui peut éveiller les sens. Non, décidément, avec un peu de volonté, Anita n'en serait pas jalouse.

Marc lisait derrière des lunettes noires le scénario, l'adaptation de la pièce. Il prenait des notes en vue des prochaines scènes à tourner. Son sérieux renforçait son côté un peu froid, un peu austère. Peut-être était-ce une façon de se protéger, de se couper d'un monde qui l'ennuyait ?

Eva s'allongea auprès de Jérôme qui s'était enfin retourné et assis. Marc avait cessé de lire.

Une sorte de jeu de regards s'installa entre eux ainsi qu'entre Georges et Anita. Des regards, en apparence, pleins d'indulgence ou d'humour. Des regards compréhensifs.

Mais que pouvait cacher chacun de ces regards ?

Tous portaient un sous-texte en eux, un questionnement au milieu de cette après-midi sereine, délicieusement tiède, douce à vivre. Des regards de gens de cinéma, habitués à jouer, à dissocier le jeu et la pensée intime.

Était-ce si sûr ?

Chacun voulait aussi lire dans la pensée des autres.

Que pensait Eva ? Qui l'intéressait vraiment ? Y avait-il quelqu'un qui pût l'intéresser vraiment ? Ou se contentait-elle de ce jeu de miroirs et de l'admiration que lui renvoyaient les mâles présents ?

Et le regard de Jérôme, serein, un peu lisse et détaché, que cachait-il lui aussi ?

Pour Anita, le regard le plus énigmatique était celui de Marc. L'homme gardait un mystère rare et un rien déroutant. Oui, elle admirait sa direction d'acteurs, son intelligence du texte. Mais elle se disait qu'elle ne pourrait jamais tout à fait le saisir et sonder ses non-dits. Il valait mieux qu'à tout jamais, il demeure à ses yeux un homme séduisant mais insaisissable.

Éva s'amusait à prendre des poses avantageuses. Sa poitrine défiait les lois de la pesanteur. Le maillot soulignait son côté sculptural. Jérôme lui souriait tandis que Georges se félicitait intérieurement que le tournage continuât sous les meilleurs auspices avec des partenaires qui s'entendaient à merveille.

Tout l'après-midi, Jérôme et Anita étaient restés éloignés l'un de l'autre. Il y avait eu ces regards cependant, entrecoupés par des bains de soleil, les mots échangés avec Marc et Eva, quelques plongeons dans l'Adriatique et une partie de volley improvisée avec les autres garçons de l'équipe. Les paroles de *La Playa* revenaient à nouveau : « Quand sur la plage tous les plaisirs de l'été avec leur joie venaient à moi de tous côtés… »

Anita avait regardé les autres s'amuser au ballon, rire entre eux, des rires masculins francs et sonores, et elle avait paressé sur un de ces matelas rouge et blanc, rêveuse.

L'après-midi tirait à sa fin, la soirée promettait d'être douce. L'équipe resterait-elle tard dans la nuit au bord de l'eau ? Rejouerait-elle à ces nuits festives de bord de mer que l'on voit parfois dans le cinéma italien ?

Anita sentit l'ambiance changer, comme si quelque chose était en train de se rompre. Une intuition ? Un charme trop fragile ? Sa décision était prise, elle allait rentrer au *Grand Hôtel*. Elle demanda la Lancia garée à l'extérieur. Elle passerait peut-être pour une lâcheuse mais elle savait qu'elle ne reviendrait pas sur sa décision. Comme toujours. Elle remit son large pantalon de plage blanc cassé et noua son chemisier sous les seins. Elle termina ses préparatifs en jetant quelques affaires dans un grand sac imprimé, cadeau d'un couturier milanais. Après avoir glissé un mot dans l'oreille de Georges, elle fit un signe d'adieu général à l'équipe qui répondit, de loin, en poussant quelques cris de reproche qui scandaient son prénom. Elle s'installa ensuite dans la Lancia et ferma les yeux. Elle faisait cela de plus en plus souvent. La voiture allait démarrer quand la portière s'ouvrit brusquement sans qu'elle s'y attendît :

— Puis-je profiter de votre carrosse, Princesse Kosmonopolis ?

Elle ouvrit les yeux. C'était Jérôme. Il ne lui avait jamais paru si superbe. Et cette façon de l'appeler Princesse. Un second degré ? Une entrée en matière originale ? Une ironie ? Qui sait à quoi s'attendre avec les jeunes hommes conquérants ? Elle murmura simplement :

— Oui, montez donc.

Et la Lancia partit sur la vieille route très droite soulevant un léger nuage de sable. Un plan de cinéma.

Qu'allaient penser les autres ? Avaient-ils vu la scène ?

Un jeune homme monte dans votre voiture et vous le raccompagnez à Rimini. Il n'y avait pas plus.

Pas plus ?

Jérôme s'étira sur le siège profond de la voiture, comme un chat resté trop longtemps au soleil, les yeux mi-clos mais avec un petit sourire de satisfaction. Il avait l'air très content de lui. Content d'avoir fait un pied de nez à tout un chacun. Personne ne mouftait. Le chauffeur accéléra quand la route redevint droite. Direction la suite d'Anita au *Grand Hôtel*. La réalité et le sujet du scénario se mélangeaient de façon curieuse et inattendue. Tout accélérait, au rythme de la Lancia. Il ne fallait pas réfléchir, surtout pas. Seulement se laisser griser.

Jérôme l'avait aimée.

Que pouvait-on dire de cette nuit ? Un coup de foudre à retardement ? Peut-être pas. Une aventurette ? Un accord tacite engageant une suite favorable ? Un de ces trucs inévitables comme inscrits dans l'ordre des choses ? Il était évident que dans ce lien charnel entre partenaires s'installait un prolongement naturel des scènes qu'ils jouaient ensemble. C'était une évidence, c'était un sentiment passionnel qui ne disait pas son nom.

Tout s'était déroulé de façon assez classique. C'en était déconcertant. Des rencontres sur un tournage entre deux acteurs célèbres, des précédentes liaisons nées sous les feux des projecteurs : les exemples se comptaient à la pelle. Burton-Taylor, Bardot-Trintignant, Deneuve-Mastroianni…

Ils avaient des choses à se dire, des corps à confronter.

L'équipe de tournage s'était éclipsée par enchantement.

Ils s'étaient donc enfuis dans cette voiture grise comme dans le premier flash-back du film qui se situait au moment de leur arrivée dans le palace. Un tête-à-tête avait continué sans tenir compte des autres et au-delà de tout le reste. Ils étaient montés ensemble dans la suite d'Anita, sans se soucier des regards. Très naturellement.

Jérôme s'était éclipsé au petit matin. Anita s'était toujours interdit de poser des questions. Elle savait que c'était le meilleur moyen d'agacer ou de faire fuir. Ils mentaient plus ou moins habilement. Leur liberté était essentielle. Elle ne voulait pas risquer de recevoir des reproches. Chercher une explication aurait été un effort dérisoire et elle passerait pour une vieille maîtresse inquisitrice. Elle n'était pas de celles qui quémandaient quoi que ce soit. Là encore, il fallait laisser de la place au sous-texte, aux accords tacites qui se passent d'explications.

Leur liaison s'installa dans une forme de pudeur, disons de retenue. Ils se parlèrent d'eux-mêmes, quelques bribes de leurs carrières furent évoquées. Anita parla longuement de qui l'avait séduite chez Tennessee Williams, et vers ce qui l'avait amenée vers ce projet un peu fou. Elle se garda bien de toute allusion à ce qui la conduisait à refuser des rôles de femmes mûres, de mères.

Jérôme raconta en détails son récent travail avec Marc Jaucourt et la joie qu'il en tirait. Anita comprit le rôle déterminant du metteur en scène dans la carrière du jeune acteur. Il y avait sans doute, là encore, quelque chose d'autre, de l'ordre de l'intime. Toujours ce merveilleux sous-texte…

Une relation triangulaire s'installa réellement. C'était une relation qui ne comportait pas de quiproquos, une relation basée sur le respect de chacun, loin des vaudevilles et des théâtres de boulevard où l'on surfe à loisir sur les équivoques. Une sorte de convention qui est chère au théâtre britannique.

Dès les premiers jours de tournage à Rimini, Jérôme avait vu une puissante moto italienne aperçue dans une longue vitrine du centre-ville. Il l'avait achetée sur un coup de tête et de cœur. Elle était d'un rouge qui rappelait celui de la Scuderia, ce rouge éclatant qui faisait penser au triomphe des généraux romains. On ne pouvait rêver plus italien, plus esprit de compétition, plus fougueux surtout pour quelqu'un de si réservé.

La moto possédait quelques touches noires ou métallisées qui sublimaient ce rouge flamboyant.

Il prit vite l'habitude de ne se déplacer qu'avec elle, ignorant la voiture de la production envoyée chaque matin. Très vite, il prit aussi l'habitude de conduire sans casque. Ses cheveux mi-longs étaient soufflés par le vent le long de ces avenues rectilignes de Rimini qui ne semblent n'avoir ni début ni fin, celles qui bordent la mer.

Son entourage le mit en garde, lui reprochant son imprudence mais il se contentait de sourire avec une sorte d'indulgence pour ces propos d'un autre âge. La jeunesse est insouciante et ignore sa vulnérabilité. Comme toujours, des regards admiratifs se pâmaient au vrombissement de la moto.

Il se surnomma le « Go-Between » selon le titre d'un film célèbre primé à Cannes, entre le *Grand Hôtel* et la villa près de Riccione. Ce Jérôme était libre, de cette liberté que rien ne peut atteindre ou contraindre.

Anita et Marc comprirent que c'était lui qui, en vérité, les avait choisis, leur laissant la possibilité de croire le contraire. Ils n'en étaient devenus que plus complices, une fois acceptée cette évidence. Il les aimait chacun pour des raisons différentes et c'était la seule chose qui comptait.

Anita savait que Jérôme repartirait avec Marc dans la nuit, vers cette villa près de Riccione. À quoi bon poser des questions ? Elle comprit enfin pourquoi il n'avait pas choisi de séjourner dans le palace qu'il quittait régulièrement et dans lequel il revenait travailler pour certaines scènes avec elle.

Jérôme venait dans sa suite, c'était ce qu'elle préférait. Elle n'avait jamais aimé aller au domicile des hommes qu'elle fréquentait. Elle craignait de se mélanger aux univers masculins. Peur de perdre la face, par crainte de gêner, de se sentir en trop, ou bien agressée. Bertrand lui avait cité cette phrase de Tennessee : « L'homme est par instinct un amant, un chasseur, un guerrier… »

En fait, c'est l'image de son père, toujours, qu'elle fuyait. L'image de ce père en perpétuelle errance détaché du monde, juste bon à conduire des voitures de luxe la faisait s'évader. Ces voitures comme ces hommes ne se fixaient jamais et disparaissaient au coin de la rue. Et aucun ne l'intéressait, aucun ne lui apprenait rien de plus qu'elle ne sache déjà. C'était une sorte de mirage.

18.

Totalement déstabilisée par la nuit qu'elle venait de vivre, totalement anéantie par ces fantômes qui apparaissaient sans prévenir, dépossédée d'elle-même, pleine de sensations malaisantes, elle reprit toutefois le chemin du tournage. L'équipe n'était pas non plus au mieux de sa forme, mais sous la houlette de Marc, on se pliait à une certaine discipline.

Eva termina ses dernières apparitions. Il y eut le meeting qui avait nécessité de nombreux figurants et une mise en scène coûteuse, dont le montage de la tribune pour laquelle on avait bloqué toute circulation dans le centre-ville. Il fallait voir le déploiement théâtral des parades fascistes avec toute leur gloriole et leur ostentation : costumes, bannières et foule fanatisée. En plus, un orage avait obligé à tout recommencer. Richard Constable y apparaissait avec ses deux enfants et Eva s'enfuyait en plein milieu du meeting où elle avait été traînée de force.

On avait écarté le *happy end* de la version de Richard Brooks avec Paul Newman. Tennessee Williams ne l'avait pas aimée et la jugeait contraire à l'esprit de la pièce qu'il avait écrite. Il pensait même que cette fin détruisait le sens de son œuvre, que c'était une forme de trahison. Mais Brooks devait tenir compte de son époque et de cette Amérique puritaine par rapport au film qui abordait déjà l'avortement, le racisme et la prostitution masculine. Y ajouter la castration aurait été mal accueilli par une censure toujours vigilante.

Marc Jaucourt voulait conserver cette issue dramatique qui correspondait bien à la cruauté des théories politiques ambiantes et au contexte tendu du fascisme de la fin des années trente, à sa violence surtout. Il était en phase avec le scénario rédigé par Bertrand qui voulait rester fidèle à l'esprit de Tennessee et au côté sombre de l'œuvre. Il s'était souvenu que Williams fulminait contre certains réalisateurs, car leurs *happy ends* avaient trop souvent tendance à édulcorer la réalité. Cela avait été le cas pour *La Chatte sur un toit brûlant*, où aucun des personnages n'est sympathique.

Avec les années, la censure avait heureusement baissé la garde. Marc s'en félicitait comme du choix fait par Bertrand de cette Italie fasciste qui permettait de faire passer beaucoup de choses sans trahir le texte et les intentions de Tennessee.

Ainsi la scène du meeting serait la dernière apparition pour Eva et Richard Constable. Eva pourrait partir pour la Californie et Richard regagnerait Rome où il vivait en famille et où il devait tourner lui aussi dans une série dramatique à Cinecittà. Il était cependant prévu qu'ils reviendraient tous deux sur le lieu du tournage pour d'éventuels raccords ou reprises.

Les voitures d'époque étaient arrivées. On put tourner les quelques scènes d'extérieur adéquates avec les engins, en particulier la première scène où Jérôme et Anita s'installent de façon mouvementée dans le palace. La voiture choisie était une somptueuse Isotta Fraschini blanc et bordeaux.

Au terme du tournage, on filmerait à la Scala la fuite de l'actrice durant la première du film qui devait permettre son come-back. Un flash-back qu'on glisserait dans le huis clos entre elle et Chance.

Le travail continuait. Georges fit un aller-retour à Paris puis revint par Rome et Cinecittà pour voir les frères Monteverdi. Marc s'attaqua aux scènes entre Chance et ses anciennes relations de jeunesse, des seconds rôles surtout masculins sauf Miss Lucy ou Luciana interprétée par l'incroyable Elke Giuliani.

Dès le retour de Georges à Rimini, Anita reçut un mot. C'était un matin où il n'y avait pas de prises en vue. Sur l'enveloppe était écrit « urgent ». Anita la décacheta rapidement et lut que le producteur Georges souhaitait venir la voir pour lui parler d'affaires importantes. Avec Rose, elle acheva de se préparer ne comptant aller sur le lieu de tournage que plus tard.

— Que peut-il me vouloir ?

— Des questions techniques à régler sans doute.

— Crois-tu ? Tout me semble aller pour le mieux malgré le retard pris.

— Voulez-vous que je lui porte une réponse ?

— Non je vais l'appeler directement, c'est ce qu'il aurait dû faire d'ailleurs.

— Peut-être craignait-il que vous ne soyez pas là et il voulait que vous soyez prévenue de façon sûre ?

— Tu dois avoir raison. Il sait combien ce film me tient à cœur.

— Oui. Je mets de l'ordre dans le petit salon pour que tout soit prêt.

— Merci, Rose.

Georges avait la mine des mauvais jours. Difficile pour lui de se dissimuler derrière un sourire de circonstance.

— Pourquoi fais-tu cette tête ?

— Quelle tête ?

— La tête qui annonce un temps couvert.

— Je vais te l'expliquer.

— Alors prends place, lui dit-elle en désignant les fauteuils du petit salon.

Elle s'assit face à lui dans une des bergères Louis XV tapissée de motifs gris entremêlés à des nuages jaunes d'opérette.

— Qu'y a-t-il de si urgent ? reprit-elle une fois calée dans la bergère, les jambes croisées et très calme.

— Des emmerdes, ma chérie.

— De quel ordre ?

— De l'ordre que nous sommes en train de dépasser allègrement, et même très allègrement le budget que nous avions prévu.

— Pourquoi ?

— Elle demande pourquoi !

— Oui, c'est très…

— Parce que nous n'avons pas fait attention et que nous avons mené grand train. Quand je dis « nous », tu vois à qui je veux faire allusion ?

— J'en ai une vague idée.

— Les meilleurs maquilleurs, les meilleurs coiffeurs, un grand couturier, une reconstitution coûteuse avec ces voitures de collection et ces scènes en extérieur avec la mobilisation de tous ces figurants, une équipe de tournage bien trop nombreuse et la location des chambres de ce palace, le plus beau bien sûr… et je ne parle pas de la scène prévue à la Scala !

— Le film le méritait.

— Sûrement… mais il va falloir trouver des fonds supplémentaires, réduire quelques frais sinon le film est compromis. Tu ne veux pas qu'on en arrive là, n'est-ce pas ?

— Bien sûr que non.

— Alors il y a du pain sur la planche !

— C'est si dur que ça ?

— Dur ou mission impossible. À toi de choisir.

— Tu n'as pas une petite idée sur ma réponse ?

— Plus qu'une petite idée. Je sais que tu veux aller jusqu'au bout.

— Donc on va essayer de trouver ces fonds indispensables.

— C'est ce que je suis en train de faire. Pourquoi crois-tu que je sois allé à Paris et à Rome ? Inutile de te rappeler qu'il y a plusieurs partenaires dans cette coproduction.

— Inutile en effet. Mais dis-moi, où en sont les choses ?

— Elles avancent, mais il faut agir rapidement sinon le tournage risque de s'arrêter très vite. Je suis donc allé à Paris pour racler mes fonds de tiroir et trouver de nouveaux investisseurs.

— Est-ce suffisant ?

— Bien sûr que non. D'où mon séjour à Rome pour rencontrer les frères Monteverdi.

— Que pensent les hommes de Cinecittà ?

— Ils sont d'accord eux aussi pour investir une rallonge substantielle. Ils sont évidemment trop impliqués dans le casting où ils ont imposé Richard, Elke et surtout Eva. Pour elle, ils ont misé sur ce qui doit être un tournant de sa carrière afin de la sortir des rôles un peu superficiels, un peu trop basés sur sa plastique qu'elle a faits jusqu'à présent.

— Je te remercie. Je sais que je peux compter sur toi. Quelle efficacité et tu ne m'as rien dit afin de me préserver. Oui, mille mercis.

— Mais cela suffira-t-il ? À toi de trouver un complément, j'ai fait tout ce que j'ai pu.

Anita eut une petite moue. Elle réfléchissait. Georges la regarda attentivement, qu'allait-elle dire ?

— Attends voir.

— Oui ?

— Je viens d'y penser, il reste Karl-Alexander et son consortium. Je vais donc essayer de les taper.

— Bonne idée. Crois-tu qu'il va pouvoir nous aider ? Au moins pour tes beaux yeux ?

— Ce n'est pas impossible. Si je m'y prends bien… je vais déjà, moi aussi, racler mes fonds de tiroir comme tu me l'as dit mais ce sera le fond du fond et puis je donnerai rendez-vous à Karl-Alexander.

— Fais ça. Tu as gardé de bons rapports avec lui ?

— Ils ne sont pas mauvais du tout. Nous restons mariés et toujours amis.

— Tant mieux.

— Nous sommes des partenaires dans la vie. Tu sais, Karl-Alexander est d'une solidité à toute épreuve. Rien ne semble pouvoir le faire changer.

— Stabilité d'une banque suisse.
— Exactement.
— Alors tu t'en occupes ?
— Immédiatement, mon cher Georges, immédiatement.
— Tu me tiens au courant ?
— Bien entendu.
— Alors, bon courage.
— Nous allons y arriver. Il le faut !
— Je te vois toujours déterminée avec ravissement.
— Je le suis.
— Bon. Donc à bientôt, ma chérie. Je reste ici quelques jours.
— *Bye*, mon cher Georges.

À peine Georges quitta la suite qu'elle aménagea son plan de bataille qui fut très vite mis sur pied. Elle savait ce qu'elle allait dire à ce cher Karl-Alexander.

Comment lui présenter cette nouvelle situation ?

Jouer la biche aux abois ? C'était un peu forcer le trait même pour une actrice reconnue. Et puis ce n'était pas trop dans son registre. Quand on jouait Alexandra Del Lago, il fallait assumer.

Lui dire plutôt franchement qu'elle avait besoin de lui et que ce nouvel investissement ne serait pas peine perdue. Pourvu seulement qu'il ne demande pas trop de précisions. Mais Karl-Alexander était un homme extrêmement bien élevé et ne s'abaisserait pas à cela.

Anita voulait tout simplement lui donner le beau rôle. Flatter son ego d'homme d'affaires, d'homme tout court.

L'homme à qui tout réussit et qui peut se permettre d'investir dans le cinéma, genre Howard Hughes. Quel joli scénario venait-elle d'écrire !

Elle allait vendre des bijoux, de l'immobilier et faire des économies en réduisant l'équipe de tournage dans la mesure du possible, le nombre de maquilleurs, coiffeurs ou autres, elle sacrifierait une partie de son propre cachet et de ses futurs bénéfices. Elle espérait que Marc qui festoyait en grand serait pourtant d'accord.

Ce film qui avait pris toute sa place dans sa vie devait se faire et marcher coûte que coûte.

Le plan d'action se dessinait, il ne restait plus qu'à téléphoner à Karl-Alexander qui devait se trouver dans un château bavarois ou au bord d'un lac à Constance ou Lugano.

Karl-Alexander répondit présent sans sourciller. Anita savait qu'il ne viendrait pas à Rimini, il fuyait les lieux de tournage. Ils se retrouveraient donc à Venise, dans une suite au *Danieli*. Le *Danieli* entrait de nouveau en scène.

19.

Après trois jours de tractations, Anita revint à Rimini. Karl-Alexander avait été égal à lui-même, efficace et charmant.

Efficace car il avait trouvé une solution aux problèmes de financement du film et n'avait pas hésité à injecter de l'argent frais dans le *Doux Oiseau*.... Des coups de fil avaient suffi et la question avait été réglée si aisément qu'Anita en avait été surprise. Surprise et admirative.

Charmant car il avait été un compagnon plus qu'agréable. Il restait un mari précieux et derrière son image d'homme façonné par une éducation rigide, on sentait une réelle ambivalence. Ses paradoxes, il les cultivait.

Cette éducation traditionnelle un rien conservatrice ou surannée alliée à cette forme de respect de la liberté d'autrui, de ses choix et de son indépendance faisait partie de lui. Il ne demandait jamais rien à Anita sur les relations qu'elle pouvait entretenir avec les membres masculins de son équipe de tournage. Toute suspicion lui était étrangère.

C'est dans ce même état d'esprit qu'Anita ne posait aucune question à Karl-Alexander sur ses éventuelles maîtresses. Des pensées sombres l'avaient naturellement traversée surtout au début de leur mariage. Quel genre de relations entretenait-il ? Étaient-ce des femmes de son milieu, élégantes, racées, excentriques, ou carrément déjantées ? Allait-il voir ailleurs que dans ce milieu raffiné qui était le sien ? Fréquentait-il les call-girls qui agitent les sphères des capitales financières en vue ou les grandes stations à la mode fréquentées par la jet-set ?

Elle retrouverait bientôt le corps jeune et athlétique de Jérôme. Et lui, qu'avait-il fait durant son absence ? S'était-il réfugié auprès de Marc dans la villa non loin de Riccione et dans le travail ? Était-il allé voir ailleurs lui aussi ?

On s'en donnait à cœur joie. On recréait un certain marivaudage, dans l'esprit du XVIIIe siècle.

Le tournage reprit. On filma la scène du bar de l'hôtel où elle arrive passablement alcoolisée au milieu des anciennes relations de Chance. Elke Giuliani devait également en être. Pour un metteur en scène, la confrontation entre deux actrices de renom est toujours un moment délicat, difficile parfois. La scène avait quelque chose de paradoxal et presque cocasse car Anita arrivait après avoir bu trop de verres alors que c'était Elke qui était réputée pour avoir ce genre de comportement.

Plusieurs acteurs se succédaient. La scène devait jouer à la fois sur le rythme et les regards que chacun jetait aux autres, notamment aux deux principaux protagonistes. Comme toujours chez Tennessee, il y avait une forme de dérision et de compassion pour ses personnages dont toute phrase contenait sa charge de désespoir, d'appel à l'aide.

— *Chance, don't leave me alone.*

Anita, Jérôme et Marc étaient réunis, comme dans la première scène qu'ils avaient tournée. Mais la donne était nouvelle. C'était cette nouvelle relation entre eux, ce lien qu'ils acceptaient tous trois. Ce lien que Jérôme avait fait accepter à ses deux partenaires. Et dans cette intimité artistique pour le trio, une étape de travail toujours dense, encore plus ténue peut-être serait franchie. Tous les trois avaient l'habitude de faire abstraction de l'équipe technique qui les entourait. Elle était là cependant, cette équipe technique. Était-ce une facilité ou un handicap ? Qui aurait su répondre ?

La relation physique qui les unissait désormais ne faisait que mettre davantage en valeur les mots du texte d'Alexandra Del Lago quand elle s'exclame :

— La beauté ! Dites-le donc. Vous aviez pour vous la beauté. Ce privilège. Ah ! Je peux le dire ; je l'ai eu moi aussi. Et j'en suis fière – j'en suis encore fière, si triste que ce soit d'en parler au passé. Je l'ai eu, je l'ai eu…

C'est le visage de Vivien Leigh dans *Le Printemps romain* qui réapparaissait à Anita. Et Marc se doutait-il de quelque chose ? Ces mots avaient-ils pour lui la même forme de résonance ? Ils avaient le même âge, travaillaient dans le même milieu et avaient le même amant. Seul leur sexe les différenciait mais aussi le fait que l'un était derrière la caméra et l'autre devant.

Quel était le regard de Jérôme sur cette question de la beauté ? Sur l'utilisation de celle-ci ? Pensait-il comme Chance avoir plus donné que reçu ? À Anita et à Marc en particulier.

Comment voyait-il ce qui se passait sur le plateau ? Voyait-il avec les yeux de la jeunesse ou avec un regard d'acteur ?

Ce passage important révèle parfaitement ce qu'est Chance et ce que fut sa vie. Pourquoi elle a été si différente de celle des autres garçons de sa ville natale. Il explique quel feu brûlait en lui et ce qui l'a poussé à partir, à chercher autre chose, un ailleurs, forcément meilleur. C'est cette quête qui revient comme un thème récurrent dans l'œuvre de Tennessee. Aux yeux de Chance, il fallait être ce papillon attiré par la lumière. Participer à un spectacle, avoir sa photo sur la première page d'un magazine. Rendre accessible à tout prix ce rêve d'une gloire qui brillerait sous les feux des projecteurs, et un nom qui serait clamé partout.

Les deux personnages ne sont plus dans l'intimité de la première scène. Alexandra Del Lago finit de se préparer devant sa coiffeuse où elle signe des chèques. Elle a peur. Lui étrenne une tenue élégante, raffinée comme les hommes en portaient durant les années trente. Une des traductions françaises parle de jeune dandy.

Il raconte à la star les principales étapes qui ont marqué son existence.

Au cours de cet entretien, on apprend qu'il a été engagé dans une guerre et qu'il a mal supporté la vie militaire. Le scénario avait évidemment transposé cet épisode dans le contexte politique de l'époque et à celui de l'Italie. Il ne s'agissait pas de la guerre de Corée mais de celle d'Éthiopie. On comprend son désir d'indépendance et le refus d'autorité. C'est ce qui en fait un personnage à part, comme d'autres aspects le démontrent. Fondamentalement, cette peur de rester dans cette guerre sans connaître les rêves de gloire le ronge.

— J'avais vingt-trois ans. Vingt-trois ans pour un gars, c'est formidable !

L'essentiel de la vie de Chance tourne cependant autour de ses relations avec les femmes. Ses relations sont souvent ambiguës du fait d'un véritable amour omniprésent qui le lie à Angeline depuis leur adolescence. C'est un amour fou mais intermittent, contrarié par sa carrière de gigolo auprès de nombreuses conquêtes dans le monde, que ce soit à Milan, Rome ou au bord de ces lacs magnifiques proches des Alpes.

Le dialogue est construit comme une scène de théâtre dans le scénario, Alexandra Del Lago dit à Chance :

— Je voudrais vous connaître un peu.

Les acteurs ont une façon d'être qui est du ressort du double jeu. Dans ses révélations, Jérôme avait avoué être confronté lui aussi à un jeu de miroirs comme Anita l'avait été dans la première scène. Le scénario ne cessait de renvoyer à l'intime et c'était un point d'appui précieux pour le metteur en scène. Puiser dans des souvenirs personnels, des émotions passées, quelle base de travail formidable pour le subtil Marc !

Évidemment, Jérôme était loin d'être un gigolo et il avait choisi ses relations avec Marc et Anita en toute liberté, selon son envie et non par intérêt. Le personnage de Chance revendique une forme de liberté de choix et possède la franchise d'avouer quel est son but auprès d'Alexandra Del Lago. Elle représente sa possibilité de réussir enfin, de monter un film grâce à elle et à sa célébrité. Un film baptisé *Jeunesse* où ils auraient été les vedettes, Angeline et lui.

Anita savait qu'une grande différence séparait le jeune acteur du personnage qu'il interprétait. Jérôme avait quelque chose de plus réfléchi, de plus serein, très éloigné de l'inquiétude qui dévorait Chance. Pas de sentiment apparent d'insatisfaction chez ce garçon.

— Écoutez, Princesse. Vous savez quelle est la grande différence entre les gens sur terre ? Ce n'est pas entre les riches et les pauvres, les bons et les méchants et cætera… La grande différence, c'est entre ceux qui ont du plaisir en amour et ceux qui n'en ont pas – qui n'en auront jamais – et qui crèvent d'envie rien qu'à y penser. *The spectators and the performers*… Je parle du vrai plaisir, comme il y avait entre Angeline et moi, pendant des nuits et des nuits, comme bien peu de gens sur la terre ont connu…

Ces mains, cette façon de caresser, leurs mots, leur chaleur et leur désir, ces lieux qui servaient de toiles de fond à ses plaisirs, ces nuits au *Danieli*, ces nuits niçoises ou parisiennes, toutes ces images qui se superposaient dans des couleurs chaudes et dans les draps froissés du passé revenaient hanter Anita.

Jérôme lui faisait face. Elle se souvenait de la douceur et de la force secrète de son corps, des paroles qu'il lui chuchotait, un peu mordantes, un peu séductrices. Oui, Jérôme était bien là malgré le regard de Marc sur eux. Et il partirait dans la nuit ou aux premières heures de l'aube.

Anita penserait au tableau de Bonnard sur l'homme et la femme après l'amour. Entre eux resterait le plaisir partagé, le souvenir de ce plaisir, tendre et violent jusqu'à leur prochaine nuit.

La scène se termine par une note d'optimisme où l'on croit que tout peut s'arranger. On décèle facilement un faux optimisme malgré les signes et les mots. C'est ce qu'on appelle des faux-semblants.

Alexandra Del Lago dit à Chance qu'elle l'aime, puis semble étonnée d'avoir prononcé ces mots, et se pose même la question de savoir si elle les pense. Elle se déclare être son amie, elle dit qu'il peut avoir confiance en elle et qu'elle veut l'aider. Au moment de son départ, elle lui envoie un baiser. Mais qu'y a-t-il derrière tout cela ? La peur de rester seule ? Reviendra-t-il la chercher ? Elle dit qu'elle va l'attendre.

Lui semble confiant. Retrouver Angeline. Il désire se montrer, étaler sa réussite aux yeux de tous ceux qui ont douté de lui. Il emprunte la magnifique Isotta Fraschini d'Alexandra pour parader dans les rues de la ville. Tennessee ne croyait pas à ce genre de *happy end*. Cet enthousiasme forcé pour Chance révélait un signe de fragilité. De ce quelque chose à quoi on se raccroche de manière un peu désespérée. La dernière image montre Alexandra Del Lago sur la terrasse regardant partir Chance au volant de la voiture vers son destin et ses illusions.

20.

Ce second huis clos avait duré plusieurs jours de tournage. Les prises avaient demandé une intense concentration. Il fallait faire jaillir chez Anita et Jérôme des sentiments forts et justes. Marc s'était montré très exigeant et avait obtenu ce qu'il voulait faire passer. Une dimension dramatique devait prendre le dessus sur l'apparence plus lisse.

Pendant les derniers jours de tournage, Jérôme n'était guère venu rejoindre Anita. Peaufinait-il son jeu d'acteur avec Marc en dehors du plateau ? Cherchait-il une évasion quelconque à son travail, la plupart des scènes reposaient sur sa présence…

Anita le comprenait et ne lui en voulait d'aucune manière. Le film était si prenant qu'elle en aurait eu mauvaise grâce. Elle ne voulait pas gâcher son récent plaisir d'être arrivée à financer la poursuite du tournage dans les meilleures conditions possibles. La vie au *Grand Hôtel* continuait un peu hors du temps, ce qui était loin d'être désagréable. On préparait la dernière partie du film. Bientôt Richard Constable et Eva Lavinia rejoindraient encore l'équipe. Tout semblait réglé avant le verdict de la presse et du public. La sortie de ce remake était déjà précédée d'une réputation plutôt flatteuse.

Après quelques jours d'absence, Jérôme était réapparu dans la suite du *Grand Hôtel*. Dans ce plaisir de reconnaître un corps, d'entendre des mots chuchotés que l'on attend ou qui vous déroutent un peu, de sentir des gestes ou des caresses qui vous préparent à l'amour, d'avoir envie de se découvrir encore et encore, d'être animé d'un désir de l'autre., il y avait un rituel à la fois païen et sacré où se murmurent le désir et l'abandon.

Jérôme était parti aux premières heures de l'aube. La ville ne s'éveillait pas, le ciel était encore trop sombre. Anita, pour une fois, s'était levée pour le voir traverser le jardin et partir sur sa moto rouge flamboyante. Il allait rejoindre le Lungomare luisant sous la pluie, dans cette allée rectiligne de lampadaires encore éclairés. C'était une voie royale. Elle l'imaginait ses cheveux soufflés par le vent et la vitesse. Elle le sentait libre dans la promesse d'un nouveau jour qui se lève, lui que rien ni personne ne semblait pouvoir atteindre, corrompre. Lui qui représentait cette jeunesse éternelle. Elle imaginait Marc dans une villa sobre et secrète, éloignée des bords de mer trop bruyants et parsemés de couleurs criardes.

Où allait Jérôme ? Dans un refuge inconnu ? Inconnu d'elle et de Marc? Ne pas poser de questions aux jeunes hommes. Sa ligne de conduite, toujours.

Puis elle se sentit frissonner, la fraîcheur d'une brise marine, la légèreté de son déshabillé, le regret de la chaleur de son lit et des bras de Jérôme. Elle s'était recouchée heureuse et en même temps frustrée par ce nouveau départ. C'était comme une dernière scène. Vers quelle parade et vers quel destin partait Jérôme-Chance ? Elle ne s'était pas posé la question. Dans quelques heures, le tournage reprendrait.

21.

Trois jours après l'accident, une petite cérémonie d'adieu devait avoir lieu avant le départ du corps de Jérôme pour la France. Dans le grand salon de l'aéroport Marco Polo, là même où Anita était arrivée triomphante quelques mois plus tôt sous les flashes des paparazzi et sous le feu des questions de journalistes avides. Ce grand salon où elle avait donné cette conférence de presse avant que ne débutât le tournage du film. Cette cérémonie se passerait aussi dans l'après-midi, pratiquement à la même heure. Celle qu'on avait vue rayonnante au milieu de la bousculade, nourrissant des espoirs dans sa belle tenue, apparaissait aujourd'hui, dans une tout autre mise en scène.

La Lancia grise faisait le chemin entre Rimini et Venise. On traversait ces paysages plats, humides, verts et gris sans âme, qui vous permettaient de rester en vous-même. Le temps était lui aussi maussade, un temps d'arrière-saison, automnal qui gommait de la nature couleurs et contrastes. Tout était en demi-teintes, et les reliefs des paysages rappelaient celles de certains tableaux de l'école vénitienne. Un temps d'adieu, un temps où tout semble s'arrêter dans un monde immobile. Un temps d'incertitude, en suspens. Un lido succédait à un autre. Formes imprécises et sfumato.

Anita avait voulu faire le trajet seule. Personne n'avait été invité à la rejoindre comme lors de la fin de cette belle journée passée sur cette plage privée avec toute l'équipe de tournage. Seule car elle n'avait aucune envie de parler à quiconque, ni même de sentir la présence de quelqu'un à ses côtés. Même pas ce cher Georges. Le chauffeur était absorbé par la conduite sur cette route mouillée ou faisait-il semblant de l'être ? La vitre de séparation était d'ailleurs fermée entre eux.

Le salon de l'aéroport, la voiture, les mêmes endroits qu'avant resteraient figés. Les lieux ont-ils une mémoire ?

Dans ce trio formé par le hasard du 7e art, c'était bien Jérôme qui en avait été le cœur, la respiration. Le hasard avait-il vraiment joué un si grand rôle ?

Jérôme avait une telle force, une âme si audacieuse. C'était de lui que venait ce souffle de la jeunesse qui vous transporte et vous enivre.

Toute l'équipe de tournage s'était réunie dans le salon de l'aéroport. Elke Giuliani pleurait doucement. Marc était livide et paraissait encore plus mince. Son visage marqué traduisait les nuits sans sommeil qu'il avait dû affronter mais conservait cette beauté aux traits réguliers de médaille romaine. Toutes les lignes et les ridules s'étaient creusées, tendues. L'ambiance pesante faisait songer au dernier film inachevé de Marilyn, *Quelque chose va craquer.* Film inachevé ? L'idée traversait le cerveau et le corps meurtri d'Anita.

Eva avait tiré ses cheveux en arrière et portait une robe noire, simple et stricte qui la faisait ressembler aux veuves siciliennes de certains films réalistes. Anita avait évité le noir. Elle portait un tailleur gris, presque clair. Elle n'osait regarder Marc. Ils étaient embarqués dans le même naufrage : celui de l'âge. Celui dont on ne peut échapper. Celui qui vous absout. Ils se sentaient éloignés et proches à la fois. Richard Constable et Georges gardaient une attitude de pères nobles, apparemment impassibles.

Devant Anita, un couple, les parents de Jérôme sans doute, et une jeune fille, sa sœur ? Le père était assez grand, mince avec des cheveux poivre et sel, la mère blonde portait une robe droite gris anthracite et un foulard violet. Tous deux semblaient accablés par l'injustice et l'incompréhension face à cette jeune vie si vite brisée. Ils se tenaient légèrement voûtés. Anita aurait voulu leur parler mais ne se sentait pas d'aller vers eux. Qu'aurait-elle pu leur formuler en dehors des condoléances formelles, inutiles et accablantes en de tels instants ? Elle était incapable de trouver les mots justes, si jamais ils existaient. Et eux devaient penser à Jérôme enfant, aux divers âges de l'enfance, aux images de lui en famille, aux souvenirs innocents et heureux qui resurgissent.

La cérémonie avait commencé par des discours de circonstance, elle se terminerait par la bénédiction du prêtre.

Anita repensait à des bribes qui revenaient en écho.

« Il a ce qu'on pouvait appeler "un beau visage ravagé" ». Mais beau il le restait sans aucun doute. Rien de ravagé dans ce masque lisse de la mort, plutôt une sérénité comme une paix intérieure qui s'afficherait.

« Il me semble que je me souviens soudain de quelque chose : que j'aime les jeunes corps soyeux, lisses et dorés… »

« Ne parlez jamais de la mort, c'est un sujet odieux. »

« Vous avez pour vous la beauté ! Ce privilège. »

Il allait rejoindre le panthéon des jeunes dieux comme James Dean ou Gérard Philipe.

Toutes ces phrases du texte de Tennessee résonnaient bien plus en Anita que tous les discours.

La cérémonie se poursuivait avec ses codes, ses visages de circonstance et le recueillement nécessaire et décent. Tout ceci n'allait pas durer. L'avion était déjà sur la piste à attendre un départ pour la France.

Elle entendait déjà le clap final qu'on n'avait pas prévu, qui bouleversait le scénario.

Dans les esprits régnait une grande confusion autour de la mort de Jérôme et du destin du film.

On ferma le cercueil devant un officier de police. Il fut transporté vers une limousine noire qui allait l'emmener vers l'avion. Le père de Jérôme remercia brièvement l'assistance, avec une grande simplicité et des mots chargés de sens. Il partit avec sa femme et sa fille.

Toute l'équipe regarda l'avion décoller. Tout était bien fini.

Jérôme allait retrouver les siens, une famille, des amis d'enfance ou de jeunesse avec qui il avait gardé des liens et qui l'attendaient quelque part en France. De tout cela

Anita ne savait rien. Elle ne connaissait de lui que les grandes étapes de sa carrière, ses dons d'acteur, sa façon de faire l'amour et celle de sourire.

Marc n'était pas resté, Anita ne l'avait pas vu partir. Elle fit un effort surhumain pour affronter ces regards tournés vers elle. Malgré l'ambiance qui restait feutrée, Anita n'avait qu'une envie, partir au plus vite, rejoindre la Lancia et surtout la solitude de sa suite à Rimini.

Chance était dans la pièce un séducteur malheureux, Jérôme était beaucoup plus que cela.

Sa mort était survenue dans ce « Go-Between » qu'il effectuait entre Marc et elle. Eux, ses deux ports d'attache. Cette moto puissante, d'un rouge flamboyant, avait été l'instrument du destin comme le cheval fou d'un mythe de l'Antiquité. Ce trajet répété était bien le lien qu'ils ne pourraient effacer. Anita et Marc avaient serré le même corps dans un laps de temps très court. Ce corps qu'ils avaient cru posséder et qui leur échappait déjà. Maintenant ils ne pouvaient sentir qu'un abandon commun. Une fuite qui les laissait aussi vides l'un que l'autre. Désemparés.

Comment allaient-ils tenter de survivre, tous les deux ? Vers qui se retourner ? Chaque corps nouveau allait avoir cette amertume et cette part de désillusion. Tous les efforts seraient vains pour se ragaillardir comme ceux que fait Mrs Stone dans le *Printemps romain*. Ils les renverraient chacun vers un abîme. Et le soir venu, ils observeraient leurs rides d'expression se flétrir et les entraîner vers leur naufrage et leur désespoir.

Et tout cela, à qui pourraient-ils le dire ? Personne ne serait en mesure de comprendre que la parenthèse magique qui venait de les réunir et qui s'était refermée ne pouvait que les anéantir. Le texte de Tennessee continuait à résonner dans la tête d'Anita. Dans celle de Marc également. Il résonnerait longtemps. Pourraient-ils parler un jour de cet écho à l'infini ?

Quand la Lancia arriva enfin à sa suite, Anita se hâta vers sa table de nuit. Rose avait laissé un tube de somnifères. En avaler deux ou trois pour échapper à ce monde mortifère dans lequel elle venait d'entrer.

— « Une des petites pilules roses. Avec de la vodka. »

Se jeter sur le lit, comme si on était encore au début du *Doux Oiseau*, dans la scène où Alexandra Del Lago a un sommeil plus qu'agité que Chance surveille de temps à autre.

— « Je me sens comme un lapin pris au piège, avec ce grand trou dans ma mémoire… Comme si la mort m'avait pris un être cher… et que je veuille l'ignorer. »

22.

Les jours après la cérémonie de l'aéroport Marco Polo furent détachés de tout et de tous, irréels. Georges avait bien tenté de lui parler de l'avenir du film et des questions qu'il se posait avec les frères Monteverdi, rien ne l'intéressait.

Toute la production était arrêtée, on cherchait des solutions pour boucler le film. Il aurait fallu l'avis du metteur en scène mais Marc ne répondait pas, muré dans le silence.

Ce fut pourtant dans cette période d'incertitude et d'énervement qu'il lui téléphona et lui fixa un rendez-vous sur le Lungomare. L'endroit n'était pas choisi au hasard ; il évitait ainsi la suite du *Grand Hôtel* ou la villa de Riccione, leurs lieux de résidence, qui rappelaient trop Jérôme. Le Lungomare, qui faisait penser aux premières images du *Doux Oiseau de la jeunesse* dans les versions de Brooks était bel et bien ce qui les reliait jusqu'au bout et jusqu'à Tennessee Williams.

Marc attendit Anita sous des arcades. La longue plage était désertée, oubliée par ceux qui l'avaient aimée auparavant. L'après-midi commençait à peine et pourtant l'établissement était presque vide. Comme si on allait y tourner une scène.

Chacun se posait la même question : qu'allaient-ils pouvoir se dire ?

Comment partager cette culpabilité commune qui était en eux, telle une fleur vénéneuse ?

Ils savaient qu'ils ne pourraient parler que de Jérôme, une fois les civilités formulées.

Marc avait trouvé un moyen délicat et subtil à partir de ce texte de Tennessee qui resterait ce lien indéfectible entre eux, cette trame romanesque où se seraient donné rendez-vous leurs vies et leurs âmes. Un texte qui renvoyait à l'ordre de l'intime. Ils parlèrent ainsi des scènes qu'ils avaient tournées ensemble tous les trois, ces moments de partage qui étaient magnifiés par la présence de Jérôme, par le souvenir de cette présence.

Marc avait le scénario sous le bras, il ne s'en séparait jamais, il ne pouvait s'en séparer :

— Chère Anita, je veux vous lire un passage de la dernière scène, celle que nous n'avons pas encore tournée.

— Oui, Marc, je vous écoute.

— « Nous sommes assis côte à côte sur ce lit… comme deux voyageurs dans un train… qui ne va nulle part… à travers un vieux pays… hors du temps… »

— Vous avez bien choisi, les mots sont justes, comme s'ils étaient écrits pour nous, c'est très beau.

— J'ai relu cette scène toute la nuit, celle où Alexandra essaie d'entraîner Chance de partir avec elle et où il refuse, préférant rester, acceptant le châtiment qui l'attend.

— Qui nous attend à présent.

— Oui, qui nous attend et Chance conclut la pièce en disant :« parce que notre ennemi à tous, c'est le temps ».

— Il va jouer contre nous, sûrement.

— Il y a un autre passage qui me revient en mémoire aussi.

— Lequel ?

— Celui d'un auteur que vous m'aviez dit aimer à Paris.

— Ah ?

— Françoise Sagan.

— Exact.

— C'est là aussi la dernière phrase de son premier roman : « Quelque chose monte alors en moi que j'accueille par son nom, les yeux fermés : Bonjour Tristesse ».

— Oui, Marc, « Bonjour Tristesse ».

Ils n'étaient plus capables d'en dire plus, même la littérature dans sa beauté, dans la justesse de son analyse ne pouvait plus les aider. Ils se levèrent et marchèrent jusqu'au front de mer. Toujours silencieux et prisonniers de leurs souvenirs. Marc prit alors la main d'Anita et la serra très fort, sans oser la regarder. C'était une communion plus qu'un apaisement. Ils fermèrent les yeux face à l'Adriatique.

Ils étaient ensemble hors du monde.

Notes bibliographiques non exhaustives sur l'œuvre de Tennessee Williams et ses adaptations

À propos de *Quelque chose de Tennessee*

Le Doux Oiseau de la jeunesse : film de Richard Brooks avec Paul Newman et Geraldine Page (1961)
Le Doux Oiseau de la jeunesse : adaptation pour la télévision par Nicolas Roeg avec Elizabeth Taylor et Mark Harmon (1989)
Le Visage du plaisir (The Roman Spring of Mrs Stone) : film de José Quintero avec Vivien Leigh et Warren Beatty (1961)

Sweet bird of youth - Penguin Plays

Doux Oiseau de la jeunesse, adaptation de Maurice Pons rééditée en domaine étranger coll. 10/18 (2010)
Le Printemps romain de Mrs Stone, domaine étranger coll. 10/18 (1990)
Été et fumées : l'Avant-Scène n° 897 (1991)

Parmi de grands classiques inoubliables

Un Tramway nommé Désir : film d'Elia Kazan avec Vivien Leigh et Marlon Brando (1951)
Soudain l'été dernier : film de L. Mankiewicz avec Elizabeth Taylor, Katharine Hepburn et Montgomery Clift. (1959)

Des nouvelles

Sucre d'orge, domaine étranger, coll. 10/18 (1990)
La Quête du chevalier, domaine étranger, coll. 10/18 (1990)
Le boxeur manchot, domaine étranger, coll. 10/18 (1990)

Quelques courtes pièces moins connues

Portrait d'une Madone, Librairie théâtrale n° 58
Parle-moi comme la pluie et laisse-moi écouter, Librairie théâtrale n° 59
Propriété condamnée, Librairie théâtrale n° 54
Le long séjour interrompu, Librairie théâtrale n° 60

Pour aborder la personnalité de l'auteur

Mémoires : Tennessee Williams, Collection Vécu. Éditions Robert Laffont (1978)
À Cinq Heures, mon Ange : lettres de T. Williams à Maria Saint-Just 1948-1982, éditions Robert Laffont (1991)
Tennessee Williams, l'Oiseau sans pattes, Félicie Dubois, éditions Balland (1992)
Avec mon meilleur souvenir, Françoise Sagan, Coll. Folio / Gallimard (1988)

Ouvrages récents

De vous à moi : inédits de Tennessee Williams, traduction de Martine Leroy-Battestelli, éditions Baker Street (2011)

Tennessee Williams : une vie, biographie de Catherine Fruchon-Toussaint, Édition Baker Street (2011)

ACHEVÉ D'IMPRIMER
EN JUIN 2022 EN EUROPE
PAR PRINTCORP (FRANCE)
POUR LE COMPTE DES ÉDITIONS
UNE HEURE EN ÉTÉ

La Clairière des LIVRES

Pour chaque titre d'un livre imprimé, un arbre est planté dans une forêt de 7 hectares en Centre Bretagne.
« Contribuons activement à l'avenir de notre planète, regardons pousser les livres de demain ».

Dépôt légal : troisième trimestre 2022